Tatematsuri 奉
illust. mmu
無能と言われ続けた魔導師、実は世界最強なのに幽閉されていたので自覚なし 4

CONTENTS

Presented by TATEMATSURI

Munou to iwaretsuzuketa Madoshi jitsuha
Sekai saikyo nanoni
Yuhei sarete itanode Jikaku nashi

ユリア
亡国・ヴィルート王国の第一王女。
稀代ギフト【光】の所有者。
〝ヴィルートギルド〟ご一行
胸の大きさ、身体の肉付き、
肢体のライン、それぞれが
美の個性を別々に放っている。
世に生まれ落ちた
男児ならば、
一度は夢を見る楽園が
ココにはあった。
シオン
魔族の少女。
血統ギフト【変化】の所有者。
カレン
ユリアの妹。亡国の第二王女。
血統ギフト【炎】の所有者。
エルザ

元々はユリアの侍女。
血統ギフト【氷】の所有者。
キリシャ
魔王第八冠グリム率いる
〝マリツィアギルド〟の
サブマスター。
「あらぁ……集まりが悪いわね」
サーシャ
魔王(魔導十二師王)の第四冠。
過去の因縁から
魔王グリムとは浅からぬ関係。

無能と言われ続けた魔導師、実は世界最強なのに幽閉されていたので自覚なし 4

奉

OVERLAP

イラスト／mmu

プロローグ

その場所は絶望が支配していた。
それでも男達《たち》は雄叫《おたけ》びをあげて恐怖を押し潰している。
女達もまた奥歯を噛《か》み締めることで不安を掻《か》き消していた。
それでも希望が訪れることはなく、全ての望みは闇に呑《の》み込まれる。
雲一つない晴天に浮かぶのは世界を照らす太陽。
日差しを浴びて輝くのは美しい白毛を持つ巨軀《きょく》の狼《おおかみ》。
一歩踏み出すだけで大地が揺れる。
一つの咆吼《ほうこう》で前方に立ち塞がった人々は吹き飛んだ。
爽やかな早朝に現れた白い絶望を見て人々は恐慌に陥った。
『なんで、あんな化物がここにいるんだよ！』
『知らないわよ！　早く逃げるわよ！』
使い込まれた装備を着込んだ彼らの実力は一目で知れる。
更に動きの一つ一つに無駄がない。
感情に焦りを含んでいたとしても、隊列の乱れは最小限に留《とど》めていた。

『下がれ、下がれ、振り向かず走れ！』

『余計なことはするなよ！　ただ逃げることだけを考えろ！』

身に纏《まと》った防具は一級品、その手を飾る武器もまた同様に業物であった。

街に帰れば羨望の視線を浴びて、憧れを抱く者も大勢いるだろう。

しかし、今の彼らの行動を見れば人々は失笑どころか落胆を露《あら》わにするに違いない。

それを理解していても彼らは恥も外聞も捨て去り、初心者《ルーキー》のように逃げ惑う。

けれども、絶望が彼らから離れることはなかった。

巨大な白狼《フエンリル》は雄大な姿勢で人々を睥睨《へいげい》している。

力強い筋肉がその毛皮の下で蠢《うごめ》いているのか、雪のような清潔な白毛が風になびくたびに動いては光を反射していた。

その幻想的な光景を前にしても、人々の気持ちが晴れることはない。

ただただ恐怖という名の闇が目の前に広がっていくだけである。

やがて、飽きたとばかりに、白狼《フエンリル》が大口を開けた。

『くそったれ！　避《よ》けろ！』

その叫びを最後に、辺り一面が白い輝きに染められた。

一つ、二つ、時が経《た》つにつれて平穏が戻ってくる。

そこには白狼《フエンリル》以外の生物は存在していなかった。

つまらなさそうに荒い鼻息を一つしてから、白狼《フェンリル》は背を向けて歩み始める。
圧倒的な力、理不尽なまでの存在、人々はそれをこう呼ぶ。
――六大怪物《アルメヒティヒ》。

第一章　魔王の集い

夜が明ける。

新たな一日の幕開けを告げるかのように爽やかな風が吹き抜けていった。

魔法都市が迎える朝の空気だ。

街の中央に聳《そび》え立つバベルの塔が朝日を反射することで、四方八方、街全体に幻想的な光が広がっていく。そんな眩《まばゆ》い明かりは退廃地区と呼ばれる闇に潜む者たちの居場所さえも余すことなく照らしてしまう。

これまでと変わらない——否、今日ばかりは退廃地区の様子がいつもと違った。

汚泥に塗《まみ》れた石畳の上——道端に寄せ集められたゴミのように、一様に絶望の表情を浮かべた骸《むくろ》が転がっている。見窄《みすぼ》らしい格好をした彼らはどう贔屓《ひいき》目に見ても、善良とは言い難い人種の者たちばかりであった。

『な、なんで……こんな場所にいるんだ……』

遺体が溢《あふ》れる場所で、まだ微《かす》かに息があった男が苦しげに呟《つぶや》いた。

男の視線の先——遺体の中心に立つのは鍛え抜かれた肉体をもつ青年だ。

逆立たせた短い白髪、その瞳は獅子《しし》のように鋭く、引き締まった身体《からだ》に纏った衣服が野性味溢れているのも相俟《あいま》って粗野が滲《にじ》み出ている。だが、隠しきれない気品のようなものもあって、優美も兼ね備えた不思議な雰囲気を身に纏っていた。

『魔王……グリム……なんで、あんたが退廃地区にいやがるんだよ』

「あァ？　雑魚のてめェが何で俺の名前を呼び捨ててやがんだ」

残酷な笑みを貼り付けたグリムが男の腹に足を乗せる。

『うごっ!?』

「おい、もう一度、俺の名を言ってみろ？　なァ？」

グリムが男を押し潰すように体重をかければ苦しげな声が漏れてくる。

「たくっ、ここもしばらく来ない内に知らない顔ばかりになったもんだ」

『んぶっ!?』

グリムは足下で藻掻《もが》いていた男の顔面を踏みつけた。

嫌な感触を拭うように足裏を地面に擦りつけながらグリムは歩き始める。

「おい、隠れてないで出てこい」

途中で足を止めたグリムは、老朽化した家屋の壁に腕を突き込んだ。

すぐさま腕を引き抜けば頭を摑《つか》まれた男——絶望に染まった顔をした男が現れる。

『やっ、やめっ!?』

有無も言わさずグリムは地面に男の頭を叩《たた》きつけた。

『ゆる——うぎゅ!?』

「次からは上手《うま》く隠れること——いや、次はねェか」

何度か男の頭を地面にぶつけていれば動かなくなる。

その様子を見たグリムはつまらなさそうに鼻を鳴らすと、男の頭から手を離して放置する。最後に死んでいることを確認して、何事もなかったかのように再び歩み出す。

彼の目的地は退廃地区を抜けた先にあった。

歓楽区——朝と夜で極端な二面性のある区域だ。

夜になれば街路に取り付けられた魔石灯が石畳を照らして、行き交う人々の顔を輝かせるだけでなく、酒場や娼館《しょうかん》が煌《きら》びやかに独特の世界観を生み出して、繁栄の象徴を示すように賑《にぎ》わう場所となる。

歓楽区に並んだ建造物の多くから漂ってくるのは人類の三大欲求である。

一つは快楽であり、一つは食事であり、一つは暴力であった。

魔法都市で唯一全ての欲を満たせる地区であり、誘惑が絶えることのない場所——しかし、それも夜の甘い匂いに誘われればの話だ。

早朝の現在は道端に寝転ぶ酔っ払いの姿はあるが、夜と比べれば静かなものであった。

そんな場所でグリムは一つの建物を前にして立ち止まる。

「ここか……」

彼の目の前に現れたのはお洒落《しやれ》な外観をした酒場だ。

汚れが見当たらない白い外壁は朝日を反射するほど美しく、その出入口は大人二人が横並びで通り抜けられるほどの広さが確保されている。

正面の壁が中の様子が見える硝子《ガラス》張りとなっているせいか、一見カフェのような印象も受けるほど歓楽区にある他の酒場とは一線を画す装いをしていた。

この酒場は〝ヴィルートギルド〟が経営していて、紅髪の少女――カレンが率いる二桁ギルドの本拠地としても使用されている。

「ちっ、こんなクソガキみたいな外観をした店に住む連中に負けるなんてなァ」

先ほどの話に付け加えるなら〝ヴィルートギルド〟はグリムが率いる〝マリツィアギルド〟と戦争をして勝利したギルドでもあった。

彼女たちに敗北したおかげで魔法協会を運営する二十四理事《ケリュケイオン》の息がかかったギルドが襲撃してきたり、落ち目とみたのか過去にグリムによって散々な目に遭わされた者たちが結託して、四六時中襲ってくるようになって非常に面倒な状況に陥っていた。

先ほどの路地裏での一幕もその一つである。

「あんな規格外《イレギュラー》でもいない限り負けることはねェがなァ」

運が悪かったと言えばそれまで、相手を侮っていたことも含めれば自業自得な面も否めない。それでも、あんな常識を無視した存在がいると知っていたら、もっと慎重に対応していたはずである。

その者の名はアルス。

グリムが調べた限りでは〝ヴィルートギルド〟の食客ということだった。

天領《てんりよう》廓大《かくだい》という魔導師の終着点とも呼べるギフトを覚醒させた人物。

現代で四人目の覚醒者であり超越者。

そんな〝規格外〟の存在がいたことによってグリムたちは敗北した。

それ以外にも強者はいたが、やはり敗北したのは彼の存在が一番大きかったからだ。

そんなアルスが住んでいるのが〝ヴィルートギルド〟が経営している〈灯火の姉妹《ヴィルート・シュヴエスター》〉で目の前にある酒場だった。そんな場所にグリムがなぜ訪れたのかと言えば、報復をするためでもなく、ただ単に謝罪をするためである。

「邪魔するぜェ」

グリムが扉を開いて中に入れば、大勢のシューラーたちが食事をしていた。

酒場を開く時間帯ではないのと、身内ばかりということもあり、弛緩《しかん》した空気が流れている。そんな場所にグリムが入ったらどうなるか、さっきまで騒がしいほどの会話が、あちらこちらで繰り広げられていたのに、今では水を打ったように静寂に包まれていた。

『あ、あの〜……申し訳ありません。まだ営業時間じゃないんですが……』

奇妙な空気が漂い始めた頃、代表して一人の女性が申し訳なさそうに近づいてきた。

だが、すぐさまグリムということに気づいたのか目を見開く。

『魔王グリム!?』

その叫びを聞いてホールの席に座っていたシューラーたちが一斉に立ち上がる。

得物を構える者もいれば、椅子や机、食器の類まで、その場にある物を手に持って臨戦態勢をとる者たちもいた。先ほどの平和な空気が嘘《うそ》のように消えて殺伐となってしまう。

「ちっ、どうすっかな……」

グリムは面倒そうに後頭部を掻《か》きながら周囲の様子を窺《うかが》った。

別に喧嘩《けんか》を売りにきたわけでもないのだが、こうも歓迎されてないとなると、謝罪をしにきたと言ったとしても、素直に受け入れられるかどうかもわからない。

殺気立つ〝ヴィルートギルド〟のシューラーたちを見ながら、グリムはどう説明するべきか頭を悩ませる。

すると、彼らの間を縫うようにして一人の少女が現れた。

「はいはーい、落ち着きなさい」

紅髪の少女は手を叩きながら周囲の者たちを落ち着かせるように視線を巡らせている。

その気の強そうな目元は意志の強さを証明しており、ルビーのように美しく輝く紅瞳には確かな信念が宿っていた。また近づいてくる彼女の動作一つ一つに宿るのは品位であり、その堂々たる振る舞いは王女の風格というものを備えている。

そんな磨き抜かれた気品と魅力で王族に連なる血筋なのだろうことは一目でわかる。

グリムは彼女の素性もまた調べさせており、既に滅びた王国の第二王女だったことは突き止めている。その亡国の名を冠した〝ヴィルートギルド〟の設立者でレーラーを務めていることもだ。そんな彼女は親しい者たちからはカレンと呼ばれており、髪の毛から瞳に至るまで情熱的な紅を身に纏《まと》っている。その美貌は未《いま》だ幼さを残してはいるが、将来がどうなるか想像するのが容易《たやす》い美少女であった。

「久しぶり——というほど月日は経《た》ってないわね」

腕を組んだ彼女は言葉にこそしてないが、その態度からは拒絶の意志がありありと見て取れた。

「既に戦争は二十四理事《ケリュケイオン》から終結宣言がでているし、勝敗が不服だったとしても報復は禁止だと通達されているはずだけど」

「……そうだな」

「なら、あなたは一体なんの用があって来たのかしら？」

敵意が籠もったカレンの問いかけに、グリムは面倒そうに頬を掻く。

「シオンという奴《やつ》がいるだろう？　どこにいるか教えてくれ」

「言うと思ってんの……彼女に何の用よ？」

シオンの名がでたことでカレンは怪訝《けげん》な顔をする。

余計な警戒心を抱かせたのか、いつでも戦えるように得物まで構えてしまった。

シオンとグリムには因縁がある。それに起因してカレンとグリムのギルド同士でも戦争が起きた。その切っ掛けとなった事件が起きたのは三年前、単純明快に言えばシオンのギルドをグリムが叩き潰したからだ。

それだけで終わっていたなら、魔法都市でのいつもの一幕で終わっていた。

けれども、グリムのギルドに所属していたクリストフという幹部が、シオンのギルドのシューラーたちや、その家族を攫《さら》って魔族創造という三大禁忌の一つに手を出していた。

それはグリムの与《あずか》り知らぬところで行われていた悪行であったのだが、シオンたちからすれば、あまりにも見苦しい言い訳で到底許せるものではなかった。

現に戦争に勝ったというのに、カレンの瞳の奥には未だに憎しみの炎が燻《くすぶ》っている。

友人たちが死んで割り切れるものではない。

友人たちが殺されて許すことなどできるはずもない。

それでも当時の彼女たちの気持ちを思えば、グリムに対するカレンの態度はまだ優しいほうなのかもしれない。罵倒されて殴られる覚悟もグリムにはあったからだ。

さて……どうするべきか、下手に口を開けば面倒なことになりそうな空気だ。

睨《にら》みつけてくるカレンに、グリムはどう話を切り出すべきか悩む。

その時――、

「こっちだ」

意外なところから助け船がだされた。

グリムが視線を向けた先、ホールの一角で椅子に座って腕を振る女性の姿があった。

元は人間だったがクリストフの手によって人造魔族に改造された犠牲者。

記憶に留《とど》めることはなかったが、グリムは人造魔族になった彼女と何度か戦ったこともある。今は魔族の象徴とも言うべき角は隠しているようで、彼女が魔族かどうか見分けることは難しい状態だ。

それでも何度も殺そうとした相手だ。さすがのグリムも彼女の顔は覚えていた。

彼女の名はシオン。二十四理事《ケリュケイオン》まで上り詰めた女傑であり、三年前までは〝麒麟児《きりんじ》〟とまで呼ばれた実力者でもあった。そんな彼女は朝食の時間帯なこともあってテーブルについて食事をしている様子だったが、その周りには見知った顔もある。

魔王を前にしても物怖《ものお》じすることのない胆力、大胆不敵な少年――アルスが興味深そうにグリムを見ていた。その他にもユリアやエルザの姿もあったが、今は彼らに用はなかったので、グリムは視線を切ってから歩を進めるとカレンの横を通り過ぎた。

「ち、ちょっと、待ちなさいよ！」

後ろからカレンが呼び止めてきたが無視する。

やがてグリムはシオンの前で立ち止まると勢いよく頭を下げた。

「本当に申し訳なかった！　魔王という立場にありながら馬鹿を御しきれなかった」

一度言葉を切ったグリムは息を大きく吸うと再び口を開く。

「シオンさん。謝っても許される問題じゃないのはわかっている。だが、それでもいいから謝罪だけさせてほしい。本当にすまなかった」

あの魔王グリムが敬称をつけて人の名を呼んだことに、静寂に包まれていたホールが若干騒がしくなった。また頭を素直に下げている姿を見て、目を丸くしている者も大勢いる。

他にもグリムを追いかけてきたカレンもまた驚愕《きょうがく》から硬直していた。

当事者のシオンも瞠目《どうもく》していたが、すぐに気を取り直すと食事の手を止めて、真っ直《まっす》ぐにグリムを見据える。

「ふむ……いきなりすぎて困惑なんだが、許しを請いに来たとか、そういうことか？」

「いや、許さなくてもいい。ただ俺が満足するまで謝罪するだけだ」

「それは身勝手で傍迷惑《はためいわく》な話だな」

困ったような顔で嘆息するシオンだが、表情を改めると毅然《きぜん》とした態度で言い切った。

「謝罪は受け入れよう。だが、許すつもりはない」

「それでいい。詫《わ》びの品は後日また送る」

顔をあげたグリムだったが、神妙な態度のまま再び頭を深く下げた。

そもそも許されるとは思っていなかった。許されるはずがないのだ。

ギルドは家であり、そのメンバーは家族である。

大事な家族を彼女から奪ったのがグリムであり、もっと厳しい言葉を投げられてもおかしくはなかった。それでも彼女は恨み言を吐くこともなく、許されはしなくとも謝罪を受け入れてくれた。

今後も許しを得るのは厳しいだろうが、否——死ぬまで許されることはないだろう。

それでも態度で示していかなければならない。グリムにできる謝罪はそれしかないのだから。

「そうか……好きにするといい」

グリムの覚悟を感じ取ったのか、シオンは呆《あき》れたようにそう呟《つぶや》いた。

話も終わりかと思えば、グリムが帰ることはなかった。

そんなグリムが視線を向けたのはシオンと一緒のテーブルに着いているアルスだ。

会話に割り込んでくることもなく、黙々とアルスは朝食を食べていた。

その両脇にはエルザやユリアが席についており、グリムの視線を受けて不思議そうに首を傾《かし》げている。彼女たちの表情はこいつまだ帰らないのかと言いたげであった。

そんな奇妙な空気の中でカレンが空いている席について、

「あんたまだ帰らないの？」

魔王グリムに対して誰も言えないことをハッキリと告げた。

『うぉ……さすが、レーラーだぜ。魔王が相手でも一切の遠慮なんてもんがねぇ』

『…………まあ、誰が相手でも気後れしないのがレーラーのいいところだからな』

シューラーたちが魔王を恐れないカレンの態度を見て賑《にぎ》わう。

『うちは〝マリツィアギルド〟に勝ったからな』

『それ外で言うなよ。二十四理事《ケリュケイオン》たちが箝口令《かんこうれい》敷いてるから、誰かに聞かれたら魔法協会お抱えの懲罰部隊が迎えに来るぜ』

魔王グリムのギルドが敗北したのは大手のギルドなら知っていることだが、それでも〝数字持ち《ナンバーズ》〟ではないギルドに負けたことで、権威の失墜を恐れた二十四理事《ケリュケイオン》の手により公にされることはなかった。

だから、勝者である〝ヴィルートギルド〟には魅力的な依頼などを優遇する代わりに口を噤《つぐ》むように圧力を掛けていたり、グリム率いる〝マリツィアギルド〟のメンバーを襲撃したりして弱体化させることに余念がない。

概《おおむ》ね事実であることから、陰口的な会話を耳にしてもグリムは怒ることもなく、近くの椅子を引き寄せると朝食を食べていたアルスたちの輪に加わった。

「お腹《なか》でも空《す》いてんの？　残念だけど、あんたにだす料理なんてないわよ？」

カレンの手厳しい言葉が突き刺さる。

確かにテーブルの上に載せられた料理の数々は魅力的で、グリムの空きっ腹を刺激するものばかりだったが、さすがにそこまで図々《ずうずう》しい性格はしていない。

あとはシオンの前にほとんどの料理が集まっているのは気になったが、余計なことを口にして時間を無駄にするのを嫌ったグリムは肩を竦《すく》めてからアルスを見た。

「いや、飯はいらねぇよ。それより、アルス、てめェ——ギルドを作る気はないか？」

「ギルドを？　なんでだ？」

唐突な提案にアルスは疑問符を浮かべ、周囲の者たちも怪訝そうに眉を顰《ひそ》めた。

そんな様々な反応を見たグリムは口端を吊《つ》り上げる。

「正式じゃないとはいえ、俺に勝ちやがったんだ。てめェには魔王になる資格がある」

認めるのが癪《しゃく》なのか忌々しそうに舌打ちをしてからグリムは指で机を何度も叩《たた》く。

「いいか、魔王になるにはいくつか条件を達成しなくちゃならねェ。その中でも一番必要で簡単なのがギルドの設立だ」

魔王になる条件の一つにギルドの設立があった。

他にも個人の位階を第二位階まであげなければならないが、これは難しい条件ではない。

グリムに勝ったアルスの実力であればすぐに上げることができるだろう。

「まぁ、位階は実績を積み重ねる必要があるから後回しでいい。その点、ギルドは誰でも設立できるから、今はそっちを優先するべきだと思って——アルス、てめェ……興味なさそうだな、おい？」

熱心に説明していたグリムだったが、興味がなさそうに頬杖《ほおづえ》をつくアルスを見て口端をひくつかせた。

「……説明してくれたあんたには悪いけど、今のところ魔王になるつもりはないからな」

長々と説明した時間が無駄になった瞬間である。

だが、グリムが驚いたのは別の理由、アルスの言葉が理解できなかったからだ。

「……なんだと？」

思わず聞き返してしまうが、アルスはグリムを見据えて言った。

「オレは魔王よりも——魔帝になりたいんだよ」

それを聞いたグリムは呆《ほう》けた顔をする。

過去から現在に至るまで、そんな大それたことを言う者がいなかったからだ。

しかし、馬鹿馬鹿しいと鼻で笑うこともできなかった。

それだけの実力をアルスは有しているからだ。

アルスと戦った経験のあるグリムは少なくともそう思っている。

「魔帝になる方法はいくら探しても見つからないんだよな。グリムは何か知らないか？」

「て、てめェ……せめて、さん付けぐらいしろや」

久しく生意気な口を利く連中がいなかったせいもあって、アルスからいきなり呼び捨てられたことでグリムは露骨に不愉快だと言わんばかりに口元を歪《ゆが》めた。

「呼び捨てられたぐらいで苛《いら》ついてんじゃないわよ。ホント魔王のくせに器がちっさいわね。それよりも、ほら、アルスのためにさっさと教えなさいよ」

さっきからやたら当たりがキツイ紅髪の少女カレンにもイラっときたが、グリムは怒りを抑えつつ口を開いた。

「ちっ……魔帝になる条件はわからねぇ」

偉大な魔導師の二つ名——魔帝。

称号とも言える敬称を使用できたのは後にも先にもただ一人しかいない。

どうやってなるのか、どうすれば辿《たど》り着けるのか、それは魔王であるグリムでもわからない。

そもそも現在の頂点とされている魔導十二師王——魔王は本来、第零位階〝神位《ジュピター》〟の魔帝を支えるために創られた第一位階〝絶位《ルシフェル》〟であり、魔法協会の幹部に位置づけられている。あくまでも頂点は魔帝で、その補佐をするのが魔王たちという図式なのだ。

そして、第二位階〝熾位《セラフィム》〟の二十四理事《ケリュケイオン》は余計な雑務を引き受ける裏方として存在している。これが魔法協会の本来あるべき姿なのだが、長らく魔帝という存在がいなかったせいで、そのようなシステムは形骸化していた。

「わからないって、つっかえないわねー。あんたそれでも魔王なの？」

辛辣な言葉がカレンの口から解き放たれたことで、グリムも我慢できなくなった。

「本当にさっきから何なんだ!?」

さすがのグリムも数々の暴言に堪忍袋の緒が切れた。

カレンからすればグリムとは先日まで敵対関係にあり、世話になったギルドを潰した張本人でもあった。だから言葉が刺々《とげとげ》しくなるのも無理はなく、グリムも罪の意識があるので甘んじて受け入れていたが、元々が唯我独尊を地でいく魔王の一人なのだ。我慢などできるはずもなかった。

「クソアマァ、いいぜ、やってやろうか?」

威圧してみるが、それに気圧《けお》されることなくカレンはずいっと身を乗り出してきた。

「ええ、まだ第四位階〝座位《オファニム》〟だから条件は満たしてないけど、いずれあんたを潰しにいくから待ってなさい」

先日の戦いでシオンがやられた時に、ただ泣くことしかできず、何もできなかった少女はいなくなっていた。

グリムは驚きで目を見開いていたが、急成長を遂げた彼女に対して笑みを浮かべる。

「待っててやるよ。その前にこいつが魔王になってそうだけどな」

親指でアルスを示すグリム。

「だから、オレは魔王に――」

と、言おうとしたアルスの言葉をグリムは手を向けて遮った。

「待て、魔帝を目指すなら魔王になるべきだ」

グリムが力強く断言すればアルスが興味深そうに目を瞬かせた。

「そうなのか？」

「当たり前だろうが、かつて一人だけしか存在しなかったんだぞ。魔王にもなれないやつが魔帝になれるわけがねェだろうが」

魔法都市で成功するには身分など必要ない。

現に魔王の中で最も強いと言われている第一冠シュラハトは平民出身である。

この街では、ただ強くなればいいのだ。

強く在り続ければ頂点に辿り着く仕組みとなっている。

「むしろ、魔王を全て倒す。それでようやく魔帝って認められそうだけどな」

最近は政治色が強くなっているが、魔王になるには単純に実力を示せばいいのである。

だから、魔帝の座は魔王たちを倒した先にあるとグリムは考えていた。

「魔王を全てねじ伏せればいいのか……なるほどな」

納得したようにアルスが頷《うなず》く。

「アルスならきっと大丈夫よ！」

カレンが根拠のない声援を送れば、これまで黙っていたユリアたちも頷いていた。

その光景を一瞥《いちべつ》したグリムは、

「まァ……よく考えることだ。だが、忘れるなよ。魔王に挑むにはギルドが必要だ。それだけは頭に叩き込んでおけ」

椅子から立ち上がったグリムは背を向けて出入口に向かって歩み出す。

「そんじゃ、伝えたいことは伝えたから帰るわ」

と、言い残したグリムは後ろ手を振り、大勢の視線を受けながら店をでる。

シューラーたちの目を見たグリムは改めて〝ヴィルートギルド〟は良いギルドだというのを感じ取っていた。魔王を相手に気圧されることなく、仲間のためにいつでも戦う覚悟ができている者ばかりだ。その真価が試されるのは、もっと先のことだろうが、今後が楽しみなギルドの一つなのは確かだった。

〈灯火の姉妹《ヴィルート・シュヴェスター》〉を出て道路に足を踏み出したグリムは、ふと足を止めると空を見上げた。

雲一つない澄み切った天空はいつものように堂々としている。

「……あの白銀の女、前よりも魔力が増えてたなァ。それにあの青髪の女も何かを隠蔽してる感じだし、気の強い紅髪もかなり変わってやがった」

特に銀髪の少女――ユリアは常にグリムに殺気を飛ばしてきていたのだ。

隠そうともしない殺意に塗《まみ》れた視線は、魔王と呼ばれるグリムであっても背筋を凍らせるものであった。

「なかなか期待値の高い連中が揃《そろ》った酒場のようだ。先が楽しみだな」

改めて〈灯火の姉妹《ヴィルート・シュヴエスター》〉を見てからグリムは目的の場所に足を向ける。

「さてさて、どれほどの魔王が集まってやがるかな」

期待で声を弾ませるグリムは、魔法都市の中心に聳《そび》え立つバベルの塔を見た。

魔導師であるならば、誰もがバベルの塔に住むことに憧れる。

魔王になればバベルの塔のフロアが譲渡されて、居住できる権利が与えられるのだ。

しかし、同時に領地も与えられるので、ほとんどの魔王は依頼で忙しくしているか、自身の領地からでてくることはない。そこで管理という名目で二十四理事《ケリュケイオン》たちがギルドメンバーと共に、魔王の座を虎視眈々《こしたんたん》と狙いながらバベルの塔を支配している。

「まァ、アルス、お前が駆け上がってくるまでは、この座は守り抜いてやるよ」

アルスに敗北した自分が今も魔王に縋《すが》り付く理由。

魔王という座は実力がない者に与えるべきではない。

特に顕示欲の塊のような二十四理事《ケリュケイオン》の連中には過ぎたるものだ。

だからこそ、敗北という苦渋に塗れながらもグリムはこの座に固執している。

いずれ少年が駆け上がってくる時のために、この座を護《まも》り続けるのだ。

＊

バベルの塔――魔法都市に存在する魔導師の総本山にして象徴だ。

今も建設途中であるバベルの塔は、神々に至る塔とも呼ばれている。

天上に届かんばかりに塔を伸ばし続けるのは神々への憧憬で、地上を去った彼らと接触を果たすためでもあり、最終的にはギフトの真理に辿り着くことを悲願としている。

そんなバベルの塔六十六階にある一室を訪ねる人物がいた。

「あらぁ……集まりが悪いわね」

扉を開いた途端に言ったのは魔王の第四冠であるサーシャだ。

薄い服装で胸元を大胆に開いた彼は筋肉質で立派な胸筋を晒《さら》している。

性別は不詳であり、もし彼に見た目通り男性のような扱いをすれば非常に面倒な事態を招く。なにより、魔王の中でも上位に位置する実力者なだけあって、彼に無謀な発言ができる者は少ない。そんなサーシャが部屋の中を見回せば、長机に並べられた十二の椅子を埋めているのは僅か二名しかいなかった。

「いつものこと、でしょう？」

返答したのは黄金の髪を持つ高飛車そうな少女だ。

「あらぁ、珍しいわね」

サーシャは目を丸くしながら、自身に用意された椅子に座り、改めて彼女を見た。

煌《きら》びやかな金の長髪は先端が丸みを帯びており、紅紫を基調としたドレスに包まれた線の細い身体《からだ》は見事な均整を誇っている。だが、目を引く箇所はまだまだあった。瑞々《みずみず》しい肌はきめ細かく、繊細な顔立ちよりも目立つのは左右で色彩が異なる金黒妖瞳《オッドアイ》で、神秘的な雰囲気を醸し出す少女は、誰もが目を奪われる容姿をしていた。

「あなたがいるなんて――ねえ、リリスちゃん？」

「そんなに珍しいことかしら？　今まで重要な議題にはでていたと思うのだけれど……」

お嬢様然としたリリスは自身の横髪を弄《いじ》りながら首を傾《かし》げる。

そんな愛らしい仕草に、あざとさを感じつつもサーシャが苦笑した。

「少なくともここ数ヶ月は見ていなかったわよぉ」

「そうですの……それは反省しなくてはいけませんわね。魔王としての自覚が足りなかったようです。今後は気をつけますわ」

まったく悪びれた様子もなくリリスが淡々と答える。

その態度に思うところがあったのかサーシャが苦言を呈そうとするも、リリスのほうが一足早く口を開いてしまう。

「わたくしとサーシャさん以外は、グリムさんの代理であるキリシャさんだけですの？」

リリスを含めても椅子に座っているのはたった三人。

出席しているのは第二冠のリリス、第四冠のサーシャ、最後が第八冠のグリムが率いるギルドのサブマスターを務めるキリシャである。

「前回の魔王の集いは六人ぐらいはいたのにね～」

笑顔で答えたのは第八冠――〝マリツィアギルド〟のサブマスターのキリシャだ。

幼女のように天真爛漫《てんしんらんまん》な笑顔を前にして、リリスも自然と口元に笑みを浮かべていた。

「わたくしが言えた義理ではないのかもしれませんが、嘆かわしいことですの。それでも今日ほど出席率が悪すぎる日は珍しいのではなくて？」

「魔王なんて協調性のない人たちの集まりだもの。グリムちゃんが代理でキリシャちゃんを送ってきてるだけマシだと思うしかないわね。下手したら二人だけになってたわよ」

肩を竦《すく》めたサーシャに、嘆息して応えたのはリリスだ。

「はぁ……今日ほど集まらなければいけない日はないでしょうに……」

先日、魔王グリムが率いる〝マリツィアギルド〟が二桁ギルドに敗北したという情報が駆け巡った。だが、即座に二十四理事《ケリュケイオン》が情報封鎖、箝口令《かんこうれい》を敷いたことで上位ギルドだけで噂《うわさ》になる程度に留《とど》まっている。それでも十二人の魔王たちにはその情報は入っているし、二十四理事《ケリュケイオン》たちもまた敗北したグリムに責任を追及すべく〝マリツィアギルド〟に対して容赦のない攻撃を仕掛けているそうだ。

弱り目に祟り目《たため》であるが、二十四理事《ケリュケイオン》に隙を見せた〝マリツィアギルド〟が悪い。

なので、この点に関しては他の魔王から苦情もなければ擁護もないだろう。

魔王となったからには、どのような状況に陥ろうとも勝ち続けなければならないのだ。

敗北は許されない。負けたのに魔王の座に縋りつくのはみっともない。

敗北した時点でグリムは潔く去るべきだったのだ。

「あとは偶然にも他の魔王たちが〝失われた大地〟の高域や深域への遠征だものね。そりゃ、たった三人の参加者にもなるわよぉ」

サーシャが困ったように頬に手をあてる。

「二十四理事《ケリュケイオン》たちの嫌がらせですわね。偶然にも魔王たちへの強制依頼が重なってしまったようですわ」

この場にいるサーシャとリリス、そしてキリシャたちのギルドはつい先日、二十四理事《ケリュケイオン》たちから与えられた強制依頼を達成していた。他の魔王たちが代理も送れず今回の集いに不参加のところを見ると、まだ依頼を達成できていないのだろう。

「リリスちゃんやサーシャちゃんのところは依頼の達成が早かったんだね？」

キリシャが疑問を口にすれば、サーシャは何度も頷いた。

「他の魔王たちと違って日頃から魔法協会に貢献していたもの。だから、うちには理不尽な依頼がくることはなかったから早く済んだのよぉ」

魔王は我が儘《わがまま》な者が多い。

そのため、魔法協会からの依頼を引き受けない者も多かった。

そんな中で比較的、生真面目に対応していたのがサーシャや、リリスといった魔王だ。

グリムもまた意外なことだが真面目な部類の魔王として知られており、見た目や言動で最も誤解されている男でもあった。

「うちも似たようなものですわ」

リリスは同意するように小さく頷くとキリシャに目を向ける。

「それでキリシャさんたちは二十四理事《ケリュケイオン》たちの息がかかったギルドから襲撃を受けてると聞きましたが大丈夫ですの？」

「それなら大丈夫だよ。グリちゃんが魔王になってから襲撃を受けるのは日常茶飯事みたいなもんだし、慣れてるって言うのはおかしいけど、そのあたりの感覚は麻痺《まひ》しちゃってるからね～」

「あら、それではグリムさんがいないのは、その対応に追われているからではなかったのですか？」

リリスの質問にキリシャはにへらと笑う。

「グリちゃんがいないのは、別件、別件。それに二十四理事《ケリュケイオン》のおじさんやおばさんたちは、〝マリツィアギルド〟の弱体化を望んでるんだろうけど初動が悪かったね。懲罰部隊を差し向けてきたのは見事だったけど、もっと数に頼って畳みかけてこないとうちは潰せないよ」

「手を貸さなくても大丈夫ですの？　わたくしが助けてもよろしくてよ？」

「いくら仲良しなリリスちゃんでも助けて、なんて情けないこと言えない。誰かの手を借りて情けを受けるぐらいなら、魔王の座なんて捨てちゃうのがグリちゃんってものさ」

魔王に借りを作るぐらいなら、二十四理事《ケリュケイオン》のギルドを一斉に相手をしたほうがマシだ。どんなに苦しい状況だろうと、死に瀕《ひん》していようとも魔王にだけは助けを求めてはいけない。借りなんて作れば最後、生き地獄を味わう羽目になって悲惨な末路を迎える。

「そうですわね……なら、どうしてもというときは無償で手を差し伸べますわ」

「タダほど怖いものはないんだけど……一応グリちゃんに伝えておくね！」

これ以上話し続けて恩を着せられても困るキリシャは、話題を変えるべく再び口を開いた。

「それで今日の議題ってなんなの～。うちの問題がメインってわけじゃないんでしょ？」

「ええ、グリムさんのギルドについては後ほど話し合うことにしましょう」

逃がしたりはしないとニッコリ微笑《ほほえ》むリリスは部屋を見渡してから頷《うなず》いた。

「これ以上待ち続けても無駄になりそうですわね。他に参加する方もいないようですから始めるとしましょうか」

最後に扉を一瞥《いちべつ》してからリリスは資料に視線を落とした。

「まずは二十四理事《ケリュケイオン》からの情報ですが……特記怪物三号――〝白狼《フェンリル》〟が高域に先日現れたそうです。その対応をどうするべきか、話し合ってほしいとのこと。それが本日の議題ですわね」

「へぇ～……白狼《フェンリル》が縄張りからでてきたんだ？　何百年振りなんだろう」

キリシャが楽しげに言えば、悩ましそうにサーシャが嘆息した。

「それは厄介ねぇ……　〝白狼《フェンリル》〟が聖域からでてきたのなんて最後に確認されたのが二百年ぐらい前じゃない？」

特記怪物三号〝白狼《フェンリル》〟は高域から深域にかけて連なる双子山と呼ばれる巨峰を住処《すみか》にしている。かつては巨大な山の一つだったが、千年前に起きた神々と魔帝の戦争によって二つに分かれたという言い伝えが残っていた。

その場所を白狼《フェンリル》は縄張りにしており、かつて侵入した魔導師――魔王が荒らした時は追いかけて街を一つ吹き飛ばしたという逸話も残っている。やがて白狼《フェンリル》の怒りに触れることがないようにと双子山は聖法教会から聖域に指定された。

そんな平和が訪れた双子山の麓が気に入って〝魔都〟を造ったのが同じ特記怪物の〝女王〟である。当初は白狼《フェンリル》の怒りを買うと人々は戦々恐々としていたそうだが、意外なことに女王との仲は良好で今日に至るまで争うこともなく共存していた。

「魔族が手をだすはずもないからぁ……人類側の誰かがまた余計なちょっかいを出して怒らせたのかしらぁ？」

サーシャが視線をリリスに向ければ彼女は肩を竦ませた。

「何が原因かは不明ですわ。でも、高域で白狼《フェンリル》と遭遇した〝フロットギルド〟が壊滅状態。二十四理事《ケリュケイオン》の一人でレーラーであったアンスロさんは行方不明。生き残ったのは現時点で後方で支援していた者たちばかりだそうですわ」

「あらら……ギルド同士の抗争が増えるわねぇ」

三年振りに二十四理事《ケリュケイオン》の椅子が一つ空いた。

魔王もそうだが二十四理事《ケリュケイオン》も限られた数しかない。

ならば、下位で燻《くすぶ》っている連中が奪い合うのは必然。

権力という極上の果実を手に入れるために、争いが活発化するのも当然の帰結だ。

「まあ、二十四理事《ケリュケイオン》なんて今更、高潔な人物がなるはずもないし、期待もできないから、そっちは好きにしてもらいましょう」

厄介な連中が潰し合ってくれるのなら万々歳だ。

その間に白狼《フェンリル》の問題が解決できたら言うことはないのだが、

「まずは〝白狼《フェンリル》〟の対処だけど、リリスちゃんは何か提案があったりする？」

「そうですわね」

顎に手を当ててリリスが思案する。

やがて、顔をあげた彼女は澄んだ瞳で言い切った。

「放置の一択でしょう。触らぬ神に祟《たた》りなしとも言いますし、最古の怪物とも言われる

〝白狼《フェンリル》〟に手を出して怒りを買うのだけは避けたいところです。魔法都市までやってきたら目も当てられませんもの」

「そだね～。六大怪物の一匹だし、〝魔都〟まで巻き込んだら面倒なことになる。だから、ギルドには魔法協会から高域に行かないように注意喚起だけ出しておいたらいいんじゃないかな」

キリシャが真面目に答えれば、サーシャもまた頷いた。

「それでいいと思うわぁ。〝魔都〟から苦情が来ないことを祈るしかないわねぇ」

〝失われた大地〟に存在する唯一の都市〝魔都〟は高域の三十区に存在する。

人類の敵と呼ばれる魔族が治めている都市だ。

それでも〝失われた大地〟を冒険する魔導師たちにとっては休息できる唯一の拠点で、欠かせない場所でもあることから〝魔都〟の問題については人類側が目を背けているのが現状であった。そんな〝魔都〟を統治しているのは〝白狼《フェンリル》〟と同じく六大怪物の一角でもある特記怪物六号〝女王〟と呼ばれる存在なのだ。

「潰し合ってくれたら御の字ですが……そうもいかないでしょうね」

女王と白狼《フェンリル》もまた知性がある怪物で両者は協力関係にあり、非常に親しい間柄と言われている。白狼《フェンリル》の聖域である双子山の麓に〝魔都〟が造られているのが何よりの証拠となろう。なので、彼女たちが互いに潰し合うことなく、何か問題が起きても話し合って争うのは避けるはずだ。

「白狼《フェンリル》が高域に現れた理由もわからないんだから考えても仕方ないわぁ。キリシャちゃんの言う通り当面の間は高域で狩りをするギルドには注意してもらうしかないわね」

「では、そのように後ほど魔法協会には伝えておきましょう」

白狼《フェンリル》の対処を決めたところで、魔王の集いの議題は終了する。

あとは帰ろうが雑談をしようが自由な時間となっており、誰かが締めの言葉を放つことでお開きとなるのだが今日は誰も発言する者はいなかった。

少しばかりの静寂が訪れた後、リリスが何かを思い出したかのように手を叩《たた》いた。

「そうそう、最初の話――〝マリツィアギルド〟が起こした戦争について確認しておきたいことがありましたの。キリシャさんはご存じでしょうけど、サーシャさんはご覧になられました？」

「なにをかしらぁ？」

「〝マリツィアギルド〟と〝ヴィルートギルド〟の戦争――正確に言えば第八冠のグリムさんを打ち負かした相手の姿を、ですの。わたくしが聞いた限りでは少年らしい見た目なのと、彼が魔法都市に来て間もないという話でしたわ」

「それはぁ……」

これまで飄々《ひょうひょう》と答えていたサーシャの目が動揺で泳いだ。

誤魔化すべきか、肯定するべきか、一部の者はグリムが敗北した事実を知っている。

だが、相手の詳細まで知っている者は少ない。

魔王という価値を守るためなら、相手の正体は曖昧にしておくべきだが。

「そだよ。アルスちゃんってすごく強くてね。グリちゃんの完敗だったんだ！」

サーシャが言うよりも早く、キリシャが肯定してしまった。

「……そ、そうでしたか……」

リリスは呆気《あっけ》にとられた様子だったが慌てて返事をした。まさか馬鹿正直に——グリムが敗北した事実を笑って肯定するなどとは思わなかったのだ。

「では、相手が〝天領《てんりよう》 廓大《かくだい》〟を使ったという話も本当なんですの？」

「それもホントだね〜」

キリシャが軽い感じで認めるので、リリスは怪訝《けげん》そうな表情を浮かべる。

いくらリリスとキリシャが親しいと言っても友人未満の知人以上ぐらいで、この関係性であれば普通なら情報提供の見返りを求めるものだ。

しかし、キリシャは駆け引きすらせず、リリスの欲しい情報を与えてしまうのだから、彼女が戸惑うのも無理はなかった。

「つまり、そのアルスさんという方は四人目ということでよろしいんですの？」

天領廓大はギフトの覚醒を経て辿《たど》り着ける魔法の極致だ。

天領廓大までに至った魔導師は確認されているもので現在三人しかいない。

「グリちゃんも認めてたから四人目でいいと思うけど……でも、魔法協会が確認できてるのが三人だけで、天領廓大に至ってる魔導師は他にもいるはずって聞いてるけどね」

「……それは誰から聞いたんですの？」

「クリスちゃんだよ」

「ああ——噂《うわさ》の彼ですか……お亡くなりになられたようでご愁傷様ですわ」

グリムが魔王になれたのはクリストフという幹部がいたからだと言われている。

魔王の頭脳とまで讃《たた》えられた彼の存在は、良くも悪くも魔法都市では有名だった。

「クリストフさんは、その少年に殺された、ということでよろしいのですか？」

「ううん、そっちは別の人がやったみたいだよ」

「別の方ですの……？」

「直接見たわけじゃないけど、カレンちゃんとシオンちゃんにやられたみたい」

キリシャがまるで友人のように答えるので、リリスはますます悩ましい表情になる。

どういった人物たちなのか詳細を聞きたいところだったが、それ以上にあっけらかんと答えるキリシャに問いかけたい疑問があった。

「キリシャさん……仲間を殺された恨みなどはありませんの？」

魔王グリムは粗暴な雰囲気を纏《まと》っているが、その性格は人情味溢《あふ》れて義理堅い。

ほとんどのギルドは家族のような雰囲気を形成する。

それは魔王になっても変わらない。

なにより、グリムが率いる〝マリツィアギルド〟は退廃地区という特殊な環境下で誕生した経緯もあって他のギルドよりもその傾向が強い。

だから、仲間の死を許すはずがなく、仇《かたき》に燃えていてもおかしくはないのだが、キリシャの表情からは怒りというものが感じ取れなかった。

「ん～、そこは自業自得だから怒りはないかな……どちらかと言えば悲しい気持ちのほうが強いよ」

嘆息したキリシャは顔を俯《うつむ》ける。

そんな珍しい表情を見たリリスは質問を誤ったかと反省の色を浮かべた。

「もっと出来ることがあったんじゃないかとか考えたりもするけど、今は結構割り切れてはいるから気にしなくても大丈夫だよ」

リリスを気遣うように、キリシャは明るい口調で言った。

「そうですの。何かありましたらいつでも相談に乗りますわよ？」

「リリスちゃん、ありがとう！」

「いえいえ、それで話を戻しますけど、グリムさんに勝利したアルスさんはどれほどの強さだと思われますか？」

「ん～？　グリちゃん以外の魔王と比べてってことかな？」

「そうですの」

「キリシャは直接戦ってないから、どれほどの強さかはわかんないけど、肌で感じた魔力からだと第一冠に近いんじゃないかな」

小首を可愛《かわい》らしく傾《かし》げたキリシャは目を細める。

「理不尽という意味では一緒だと思ってるよ」

「……それほどですの？」

驚きで目を見開くリリス。そんな反応を示すのも当然のことだ。

魔導十二師王、第一冠のシュラハトは十年以上もその地位を守り続けている。

つまり十年間、敗北したことがない――無敗ということだ。

歴代の魔王の中でも三指に入る実力はあり、あるいは魔帝に匹敵するとも言われている偉大なる魔導師の一人である。

「うん。魔力の質、魔法の技術、なにより、底の見えない魔力。離れた場所にいたから正確なことはわからないけどね」

キリシャは記憶を掘り起こすように、ゆっくりと語り続ける。

「あれはシュラハトちゃんと同じぐらい化物だとキリシャは思ってる」

「それは……ますます興味深いですわ。他に何か気づいたことなどありませんの？」

リリスは瞳を子供のようにキラキラと輝かせて机の上に身を乗り出した。

そんな彼女の期待に応えようとキリシャは顎に手を当てて、しばらく唸《うな》り続けていたが

リリスの期待したような答えはなかったのか苦笑を浮かべる。

「どうだろう。キリシャが気づいたのはそれぐらいかな。あとはグリちゃんに聞けばわかると思うけど～……たぶん喋《しゃべ》ってくれないと思う」

グリムは頑固で口も堅い。

なにより、アルスを気に入っている節があるので、彼に関する情報は渡さないだろう。

「それは仕方ありませんね。これ以上の情報を望むのは野暮というものでしょう」

リリスは首を横に振ると微笑《ほほえ》んだ。

「では、わたくしからの質問はこれで終わりますの」

リリスは席から立ち上がると、キリシャとサーシャの二人にそれぞれ視線を送った。

「他に疑問などがなければ、今日はお開きといきたいのですけど、どうでしょうか？」

「キリシャはないよ～」

「ワタシもないわねぇ」

「そうですの。では、わたくしはここで失礼させていただきますの」

「リリスちゃん、またね！」

「ええ、何かありましたら、いつでも連絡をくださいな。本日はキリシャさんのおかげで、

有意義な時間を過ごせましたわ」

リリスはキリシャに手を振りながら部屋をでていった。

部屋の扉が閉まるのを待ってから、サーシャの視線がキリシャに向く。

「ちょっと、キリシャちゃん！　どうして、あんな正直に言っちゃったのよぉ～」

一瞬、何に対して怒られているのかわからず、困惑したキリシャは首を傾げてしまう。

だが、アルスの情報をあっさり渡したことに対するものだと気づいて、理解を示すようにすぐさま笑顔になった。

「言わなくても、いずれわかるんだから大丈夫だよ」

〝マリツィアギルド〟と〝ヴィルートギルド〟の戦いは多くの者が見ていた。

あの状況をお膳立てした二十四理事《ケリュケイオン》はもちろんのこと、魔王や聖天もまたいたはずだ。

なのに、様々な情報が手に入る第二冠の魔王リリスが知らないわけがない。

いずれ知られるのだから、隠し通したところで意味はなく、それで不仲になる可能性があるのなら、今後の付き合いを考えれば正直に答えたほうが良かったのだ。

キリシャがそう説明すれば、感心したようにサーシャが頷《うなず》いた。

「キリシャちゃんも考えてるのね。それならいいのかもしれないわぁ」

「むむっ、これでもサブマスターなんだけど！　いつも皆のことを考えて行動してるんだよ！」

キリシャが可愛らしく頬を膨らませれば、片手をひらひらさせながらサーシャは苦笑する。

「はいはい、ごめんなさい。怒らないの。それで今日はグリムちゃんが来なかったのはどういう訳なの？」

「グリちゃんなら、例の場所にいったよ～」

キリシャの返答に首を傾げるサーシャ。

「例の場所って？」

「グリちゃんは案外真面目でしょ……部下の不始末を謝罪しにいったんだよ」

そこまで聞いてサーシャは納得したのか頷いた。

「グリムちゃんは律儀ねぇ。クリストフちゃんが三大禁忌の研究をしていたのは知らなかったんでしょう？」

「ギルド設立前から……それこそ退廃地区からずっと一緒にやってきた幼馴染《おさなじ》みだもん。それにクリスちゃんは腹心の部下だったからね。グリちゃんは見た目こそ怖い感じだし、悩みなんてなさそうな言動してるけど、ああ見えて色々と考えてるんだよ～」

キリシャが褒めてるのか、貶《けな》しているのか、よくわからないことを言えばサーシャは仕方がないとばかりに頬に手を当てる。

「グリムちゃんもそうだけど、キリシャちゃんはクリストフちゃんの背後に聖法教会の影があるのは知ってたのかしらぁ？」

　クリストフが三大禁忌という悪事を自由にできていたのは、魔王グリムの名を最大限に活用していたからだ。けれども、それだけではなかったのも確かで、サーシャが調べた限りでは聖法教会が支援していた形跡もいくつか残されていた。

「クリスちゃんが亡くなった後に調べたから知ってるよ～。それ以前だと情けない話になっちゃうけど知らなかった。幼馴染《おさななじみ》だから大丈夫だと思わずに調べるべきだった。そこは本当に反省してるし、仲間に対して盲目的だったよ」

　昔のクリストフなら甘言を無視するばかりか、断固として聖法教会の好きにされることもなかっただろう。だが、グリムを魔王まで押し上げた手腕が認められた時から、クリストフは承認欲求が強くなったように思えた。それをキリシャたちが見て見ぬ振りをしたことから彼の増長が始まってしまう。

　結果、三大禁忌の一つである〝魔族創造〟の実験に手を出して、最終的にクリストフが死亡するという最悪の結末を迎えてしまったわけだ。

「魔法協会に潜入してる聖法教会の連中がクリスちゃんに接触していたのは間違いない。それが誰なのか辿り着けてないけど、必ず見つけ出すつもりだよ」

「ワタシもこっそり調査はしてるんだけどね。二十四理事《ケリュケイオン》の誰かなのは確かなんだろうけど特定には至ってないわぁ。まさかここまで尻尾を摑《つか》ませないなんてね。正直言って見事なものよ」

「こっちも似たようなものかな。でも、何かわかったらサーシャちゃんに教えるね」

「あら、いいのかしら？」

「もちろん、相手が相手だもん。うちにはグリちゃんがいるけど、単独で聖法教会と事を構えても潰されるのはこっちだろうからね。今までみたいに行動するのは危険だし、なによりサーシャちゃんは信頼してるから大丈夫だよ？」

「うっ、なんていい娘なの」

ハンカチで目元を押さえながらサーシャが感涙する。

「任せてちょうだい。クリストフちゃんを操ってたのが誰か、必ず突き止めてみせるから！」

「うん！　なら、もう少し情報共有しておこうかな」

「ええ、ええ、齟齬《そご》があったら駄目だもの。ちょうどいいし、色々とすりあわせておきましょうか」

笑顔を浮かべながらキリシャが告げれば、サーシャも嬉《うれ》しそうに頷くのだった。

＊

魔法都市の歓楽区――〈灯火の姉妹《ヴィルート・シュヴェスター》〉。

「シオン、あれで良かったの？」

カレンが魔王グリムの去っていった入口を見つめながら呟《つぶや》いた。

嵐のように現れた男は、風のように気ままに去って行った。

緊張感に満ちていた空間も、今ではいつものようにシューラーたちの楽しげな声で満たされている。

「もっと言ってやってもよかったと思うけど……」

カレンが隣に座るシオンに視線を移せば、彼女は口に含んでいた食べ物を飲み込んだ。

「反省はしているようだった。あの魔王グリムが大勢が見ている前で頭を下げたんだ。許すことはないが謝罪は受け入れる」

「シオンが納得できているのなら、あたしからこれ以上何か言うのは間違っているわね」

「ですが、あれが魔王グリムですか、聞いていた話とはまた違ったようですね」

ユリアが怪訝《けげん》そうに呟いた。

先ほど見たグリムの姿が、魔法都市で噂《うわさ》になっている魔王の姿とはかけ離れたものだったからだ。傲慢で他者の言葉を受け入れず、魔王らしい魔王というのが世間一般の評価だ。

しかし、あれほど素直に頭を下げる姿を見たら首を傾げたくなるのも無理はなかった。

最初は演技なのかと疑いもした。上っ面だけで内心は悪態をついているのだろうと。

けれども、最初から最後まで真剣な態度で嘘《うそ》をついているようには見えなかった。

そもそも、傲慢な人間がわざわざ謝罪に訪れるだろうか、こんなに大勢の目がある中で素直に頭を下げるようなことができるだろうか。

少なくともユリアが見る限りでは、真摯で殊勝だったのは確かである。

「わたしから見ても魔王グリムは反省していたように見えました」

と、エルザが肯定してからシオンに目を向けた。

「それにシオンさんはよく我慢できたと思いますよ」

新たな料理に手をつけながら、シオンは自嘲に近い笑みを浮かべる。

「まあ……〝マリツィアギルド〟に我々が負けたのはギルドの実力が不足していたからだ。そこは文句のつけようがない」

嘆息したシオンは首を横に振ると続きを話した。

「確かに色々と罠《わな》に嵌《は》められはしたし、その後に受けた仕打ちで恨みもしたが……元凶だったクリストフはこの手で屠《ほふ》ったからな。あの男を野放しにしていたのは許せないが、魔王グリムを恨んではいない」

「複雑なところよね……それでお姉様はなんで、魔王グリムに殺意を飛ばしてたの？」

「それは謝罪がなかったからです」

ユリアの言葉を受けて皆の頭に疑問符が浮かび上がった。

「謝罪はしたわよね？」

「ん、ああ……頭まで下げてたな」

カレンとシオンが顔を見合わせて首を傾《かし》げる。その傍《そば》ではアルスが我関せず食事をしており、エルザがお茶を差し出したり給仕をしていた。

「カレンを殴った謝罪が、です。あんなに頬が腫れていたんですよ。絶対に許しません」

ユリアが口惜しそうに理由を吐き出せば、

「あれは戦った結果だし、いちいち謝罪を求めてたら大変なことになるわよ？」

カレンは呆《あき》れた様子だが、姉に心配されて嬉しいのか口元が緩んでいる。

しかし、妹に宥《なだ》められてもユリアの怒りは収まらないようだ。

「いずれ報いは受けてもらいます。魔王という座に胡座《あぐら》をかいた結果が悲劇を引き起こしたようなものなのですから、もっと痛い目を見てもらわないといけません。シオンさんもそう思いませんか？」

「う、うん。そこはあれだな。ユリアの好きにしたらいいと思うぞ。グリムがカレンを殴ったのはアタシも許せないと思っていたところだ」

紫銀の瞳に暗い影を過《よぎ》らせながらユリアが呟けば、トラウマが刺激されたようでシオンが頬を引き攣《つ》らせながら答えた。

「ですよね！　シオンさんもそう思いますよね！　一緒に頑張りましょうね」

何を頑張るのか、そう聞けたら楽になるのだが、シオンにそんなことが言えるはずもなく、両手を握り締められた彼女はユリアの言葉に頷くことしかできなかった。

そんな追い詰められたシオンに助け船をだしたのはエルザだ。

「ユリア様、紅茶でも飲んで落ち着いてください」

「あら、エルザ、ありがとう」

感謝を口にしてから幸せそうに紅茶を一口。その様子を見てシオンは助かったと言わんばかりに大きく嘆息すると、エルザに向かって軽く頭を下げて感謝の意を示す。そんな彼女に気にするなとばかりに首を横に振ったエルザはアルスの世話に戻っていった。

周囲では既に朝食を終えたシューラーたちが各々好きに動き始めている。

冒険に行く者、酒場の営業に備える者、様々な目的をもって行動していた。

そんないつもの日常とも言える風景を見ていたカレンが口を開く。

「それで今日は皆はどうするの？」

「オレは魔法協会に行くつもりだ」

「へえ、今まで近づかなかったのにどうしたの？」

カレンに問いかけられたアルスは自身の左手薬指に嵌めた指輪に視線を落とした。

「ずっと位階をあげてなかったからな。そろそろ上げようと思ってるんだ」

色々と手続きなどが面倒で最初だけ――魔導師として魔法協会に登録した時以外でアル

スは魔法協会を訪れていなかった。

「なるほどね。ついていってあげたいけど、来週から始める遠征の準備で〈穴熊の巣穴《ダックス・ネスト》〉まで行かないといけないのよね」

「そうですね。わたしも付いていきたいのですが、カレン様に任せておくと心配なことがいくつかあるので……本当に残念ですが……」

「ちょっと、エルザ、あたし一人でも大丈夫よ？　アルスに付き添ってあげて」

「いえ、きっと余計な物まで買ってきそうなので、わたしはカレン様についていきます。この間も遠征用の食料を全てお菓子に変えてましたからね」

「あ、あれは……たまにはお菓子ばかりの遠征も楽しいかなって……」

「二日程度なら我慢ができるでしょうが、それ以上になるとお菓子ばかりの遠征はじきに破綻します」

　エルザがカレンに説教を始めれば、シオンがアルスの肩を叩《たた》いてきた。

「アルス、アタシが付き添ってやろう。これでも元二十四理事《ケリュケイオン》だ。魔法協会については詳しいぞ？」

「それは助かる。じゃあ、シオンに頼もうかな」

「ああ、任せてくれ」

「それで、ユリアはどうする？」

アルスが水を向ければ、無念だとばかりにユリアは肩を落とした。

「これから知人と会う約束がありまして……残念ですがまた今度一緒に行きましょう」

「それなら仕方がないな。ユリアとはまた今度行くとしよう。それじゃ、時間も時間だから行くとするか」

時計を一瞥《いちべつ》したアルスは席を立ち上がる。

それを視界の端で捉えたのか、カレンとエルザが近づいてきた。

「一緒に行きましょ」

「いいぞ。目的地は一緒だからな」

魔法協会があるのは街の中心部に聳《そび》え立つバベルの塔だ。そこには〝転移門〟も備えられており、カレンたちが向かう〈穴熊の巣穴《ダックス・ネスト》〉はそれを利用しなければならない。

「では、私は準備があるので部屋に戻りますね」

「は〜い、お姉様も時間に余裕ができたら〈穴熊の巣穴《ダックス・ネスト》〉に来てね」

「ええ、時間があれば合流したいと思います」

二階に繋《つな》がる階段に向かったユリアを見送れば、

「それじゃ、あたしたちも行きましょうか」

カレンを先頭にしてアルスたちは出発した。

バベルの塔――魔法都市の中心に聳え立つ魔導師たちの憧れる場所。

フロアに店がだせるのは〝数字持ち《ナンバーズ》〟と呼ばれるギルドだけで、居住資格が与えられるのも彼らだけである。

つまり魔法都市の頂点に近い者たちだけがバベルの塔に住むことが許されている。

その一階には魔法協会の受付が存在しており、魔物の討伐依頼などを発行していた。

「相変わらず人が多いな」

行き交う人々の顔は様々だ。

依頼が失敗したのか暗い表情をしている者もいれば、困難な状況を潜《くぐ》り抜けたのか泥にまみれた姿の魔導師も存在する。あとは様々なテナントが入っているせいか、家族連れもまた多い。なので初めてバベルの塔へ訪れた者がこの光景を見れば混沌《こんとん》としていて、あまりの情報量の多さに頭が痛くなるのは間違いなかった。

「あとは竜の街から亜人がこっちに遊びに来たりするから、さすがに夜は人が少なくなるけど二十四時間賑《にぎ》わってる場所なのよ。それこそ、夜になっても歓楽区よりも人が多いかもしれないわね」

「へぇ……」

カレンの説明を受けたアルスは改めて周りの様子を窺《うかが》った。

一階は大きなホールのようなものになっていて、天井が吹き抜けているおかげもあり、どれだけ人で溢《あふ》れようとも息苦しさを感じることはない。

最も人が溢れている東側を見れば魔法協会の受付があって様々な人種で溢れており、その服装もまた荒々しい印象を与える者ばかりだ。

北側は行き交う人々が最も多い。なぜなら竜の街に繋がる転移門が存在するからである。

西側は様々な店舗が入っていて、家族連れの姿が多く見られた。

「それじゃ、あたしたちはここでお別れね」

「何もないとは思いますが、問題が起きたらシオンさんを頼ってください」

「カレンとエルザも、ここまでありがとうな。また〈灯火の姉妹《ヴィルート・シュヴエスター》〉で会おう」

二人の背を見送ろうとしたが、すぐに人混みに紛れて見えなくなった。

「もう行ったのか……忙《せわ》しないな」

と、背後から声をかけられて、アルスが振り向けばシオンが、いつの間に買ってきたのか串焼きを手に立っていた。

「ん、食べるか?」

「いや……遠慮しておく。それにしても、いつの間に買ってきたんだよ」

「カレンが喋《しゃべ》っている間にな。美味《うま》そうな匂いがしたから買ってきた」

朝食も六人前は食べていたはずだが、相変わらずこの細い身体《からだ》のどこに入るのか、しかも、串焼きが大好きなせいか食べ歩きでは必ず購入している。

「まあ、こっちに来い。受付まで案内しよう」

一度だけだが前に来たことがあるので、受付の場所ぐらいどこにあるのかわかるが、それを指摘しようにもシオンが串焼きを頬張りながら先を歩き始めた。

アルスは駆け足で追いつくと隣を歩み出す。

「おいおい、さすがに受付の場所ぐらいわかるぞ？」

「かもしれないが、アルスに任せてたら真《ま》っ直《す》ぐ受付にいかないだろうしな。どんな誘惑があるかわからないから、アタシが案内するんだ。ユリアたちから任されてるしな」

さすがにそれはない――否定しようとしたが、確かに寄り道をしていたかもしれないので言い返せなかった。

でも、それでも串焼きを買ってきたシオンにだけは言われたくなかった。

腑《ふ》に落ちない状況だったが、アルスはおとなしくシオンの隣を歩き続ける。

シオンに案内される形でアルスは受付に辿《たど》り着くも、五つの窓口はどれも長蛇の列ができていた。先頭の冒険者たちは見目麗しい受付嬢たちの笑顔を前にして相好がだらしなく崩れている。

シオンが串焼きを全て食べ終えた頃にはアルスたちの順番が回ってきた。

『あら、いらっしゃい。本日は何用でしょうか？』

「こちらの少年の位階の更新をお願いしたい」

アルスが口を開くよりも先にシオンが答える。

『かしこまりました。こちらに魔法協会から提供された装飾品を置いて頂けますか』

アルスは指示に従って左手の薬指から指輪を抜いて受付のお姉さんに手渡す。

『確かにお預かりしました』

頭を下げた受付のお姉さんは指輪を受け取ると、丸みを帯びた装置を取り出した。

鑑定装置と呼ばれるもので、指輪に嵌《は》められた宝石を設置することで、これまで溜《た》め込んできた経験値が計算されて、位階が定められるようになるのだ。

しかし、指輪から取り出した宝石を丸い装置に取り付けるも反応しなかった。

初めての経験なのか、受付のお姉さんも首を傾げて笑顔も消えてしまう。

『あら……？　あれ……少々お待ちください』

なにやら焦った様子で装置を覗《のぞ》き込んだり、叩き始めた受付のお姉さん。

「なにかあったのか？」

問いかけてみても唸《うな》るだけで受付のお姉さんは反応を示さない。

『ちょっと、ヴァレン、こっちに来てくれない？』

受付のお姉さんは、隣で冒険者たちを捌《さば》いていたヴァレンという受付に声をかけた。

『リオラン、どしたの？』

『えっと、この鑑定装置見てくれない？　壊れたかもしれないのよね』

何やら深刻そうな表情で受付のお姉様方がコソコソと会話を繰り広げている。

「おい、急にどうしたというんだ？」

シオンが受付の机を叩きながら聞けば、お姉さん方は口元を引き攣《つ》らせながら近づいてきた。

『少し確認したいことがありまして……アルスさん、一ヶ月前に魔導師として魔法協会に登録されたということでよろしいでしょうか？』

リオランと呼ばれた受付のお姉さんがアルスに対応している間も、その後ろでは続々と他の受付嬢たちが機械を中心に集まって首を傾《かし》げていた。そのせいで周りの魔導師や冒険者たちからも注目を集め出している。

「ああ、それぐらい経《た》ったかな。けど、それがどうかしたのか？」

『その……経験値が貯《た》まった宝石を鑑定したところ、第四位階とでました』

声を震わせながらリオラン受付嬢が言うが、アルスはシオンと顔を見合わせて首を傾げた。

「すまん。何が言いたいのかわからないんだが、何か問題があったりするのか？」

アルスは助けを求めるようにシオンを見るが彼女もわからないのか首を横に振る。

「アタシにもこの状況がよくわからないな。リオラン嬢と言ったか……すまないが何が問題なのか教えてくれないか？」

『し、失礼しました』

頭を下げたリオラン受付嬢にヴァレン受付嬢が近づいて耳打ちをした。

『た、たった今、確認がとれたようです。アルスさんですが第十二位階から第四位階〝座位《オファニム》〟に更新されました。ランク上昇に伴い宝石も金緑石に変わります』

提出していた指輪に金緑石が嵌められて説明とともに返却される。

アルスがそれを左手薬指につければ周囲の息を呑《の》むような空気に気づいた。

「そうか……ありがとう？」

いまいち周囲が静まり返った理由がわからない。

リオラン受付嬢の周りに集まった他の受付嬢たちが向けてくる好奇な視線にも。

「あぁ～、そうか……リオラン嬢、もしかして新記録か？」

シオンが何かに気づいた様子で問いかけると、リオラン受付嬢が勢いよく何度も頷《うなず》いた。

『は、はい。一度目の更新で第四位階までランクアップしたのも、たった一ヶ月で辿り着いたのも初めてのことでして……』

リオラン受付嬢の説明を受けて周りが戸惑っている理由に納得した。あまり大声ではなかったはずだが、耳聡《みみざと》いことで周囲の魔導師たちは一様に驚いている。

『一ヶ月か……〝神童〟――いや、魔王グリムの記録がどれぐらいだった?』

『確か三ヶ月だったはず。一度の更新で最高記録は第六位階だったかな。確か〝麒麟児《きりんじ》〟が保持してたはずだが抜かれたみたいだな』

『……少年の隣にいるのって、その〝麒麟児〟じゃないか?』

『まさか、ギルドが壊滅してから行方不明って聞いてるぞ』

誰かが呟《つぶや》くことで静寂が破られると、徐々に周りが騒がしくなってくる。

「ふむ、アルス、騒がしくなってきたことだし、そろそろ行くとするか」

シオンはアルスに近づいてくる魔導師を威嚇するように睨《にら》みつける。

「どうしたんだ?」

急に周囲に睨みを利かせ始めたシオンに首を傾げるアルス。

だが、アルスの疑問に答えることなく、シオンは彼の腕を摑《つか》むと人混みをかき分けながら離れていく。

『あっ、またのご利用をお待ちしております!』

リオラン受付嬢の声が背中を叩《たた》いてくるが、すぐに喧噪《けんそう》に紛れて消えてしまった。

「シオン、本当にどうしたんだ?」

「ん、ここまで来れば大丈夫かな」

周囲を確認したシオンがようやく腕を離してくれる。

「あれだけ騒がれると勧誘してくる連中がでてくるからな。そうなる前に逃げたんだ」

「オレを勧誘？　まさか、居候の身分だぞ」

「うん？　居候は関係ないと思うが……アルスは最短で第四位階まで辿り着いたんだぞ。もしかして自覚がないのか？」

相変わらず自己評価の低いアルスにシオンがジト目を向ける。

「いや、だって何が凄《すご》いのかわからないからな。それにカレンだって第四位階だろ」

アルスの表情を見る限り本気で言っているようだ。

相変わらず無自覚なアルスにシオンは嘆息するしかなかった。

たった一度の更新で第四位階に辿り着くには凄《すさ》まじい数の魔物を狩らなければならない。天才の部類であるカレンでさえも第四位階に辿り着くまで三年もの月日を要しているのだ。それをたった一ヶ月の狩りで到達したのだから、アルスの異様さがわかるというものだ。

「そう考えると、あの地獄の日々は、やっぱりおかしかったんだなァ……」

シオンは遠い目をして思い出す。アルスと一緒に魔物を狩り続けた日々のことを。

死にかけたことも一度や二度ではない。

アルスは他人への評価が人一倍高い。そのせいで自身の実力に無自覚な彼のペースに付き合わされて酷《ひど》い目に遭うのだ。それがこうして結果として出たのと、それだけの無茶をしてきたのだと思えば、シオンの胸中は喜んでいいのか、怒るべきなのか複雑なものだった。

「……今はアルスの昇格を素直に喜んでおこう。それに位階に関する知識や、比べられる対象の同期がユリアだからな。アルスがピンとこないのもわからないでもない」

ユリアは第五位階まで昇格している。

これまでアルスの狩りに付き合わされてきたのだから、さもありなんといった具合であった。なのに位階が違うのはアルスがソロで狩りをすることが多い――知らない間に〝失われた大地〟で冒険しているので、その差がでたのだろう。

「それよりせっかくバベルの塔まで来たんだ。ついでにギルドも創設していくか？」

「ああ……グリムに言われたことか？」

「そうだ。朝からいきなり現れるなんて、相変わらず人騒がせな魔王だったな」

早朝の魔王グリムの来訪にはシオンも驚いた。

まさか謝罪されるとは思わなかったが、それでも許すつもりにはなれなかった。

彼の与《あずか》り知らぬところであったが、グリムを強くするために人造魔族は造られていたのだ。相次ぐ実験の失敗によって多くのギルドメンバーが犠牲になり、数少ない成功者たちは魔族としてグリムの手で処分されてきた。その内の一人としてシオンもまた彼の成長のための糧として家畜の如《ごと》く殺されかけたのである。

主動してきたのはクリストフであり、グリムは騙《だま》され続けて人造魔族にされてきた者たちを処分していた。それでも違和感はあったはずで、気づくべき点は多々あったはずなのに、放置してきた結果が膨大な数の犠牲者である。

だから、シオンは謝罪を受け入れたが、グリムを許すことはしなかったのだ。

「ギルドか……やっぱ必要になるのかな？」

「どうやって魔帝になるのかはアタシにもわからない。普通は誰もが目指すのは魔王だからな。でも、グリムが言ったように全ての魔王よりも強くあるべきなのは確かで、彼らに挑戦するためにもギルドは必ず必要になってくるだろう」

魔帝を目指すためには魔王たちを全て倒す必要があるのは確かだろう。

だが、魔王に挑戦できるのは第二位階の魔導師であり、ギルドを率いているものだけ。

「面倒な手続きとかあったりするのか？」

「いや、ちょっとした審査はあるが気にするほどのものじゃない。申請も簡単だ。書類にギルドのレーラーになる人物の名前を書いて受付に提出するだけだからな」

魔法都市には本当に活動しているのか怪しいギルドが多々存在する。

たった一人のギルドも存在しており、ただ作るだけ作って後は放置する者も多い。

「どうする？」

「簡単に申請できるなら今はいいかな。カレンやユリアと相談してから考えてみるよ」

「そのほうがいいだろうな」

ギルドの設立申請はいつでも出来るので焦ることはない。

しかし、アルスの夢を叶《かな》えるのであれば、ギルドは必ず必要になってくるだろう。

「それじゃ、せっかくバベルの塔まで来たんだ。ギルドに関する知識を手に入れるにはもってこいの場所だし、色々と楽しめる場所でもある。串焼きでも食べながら見て回ろうじゃないか」

＊

〈竜の街〉の名はアルタール、その街を治める国の名はシュライア。

国家規模としては街一つ治めるだけの世界最小であるが、その場所は〝失われた大地〟の入口に存在する。

街の規模は竜が住むと謳《うた》われるだけあって魔法都市の二倍はあった。

巨大な街を治めているのは世界が誕生した頃から存在している古竜だ。

そんな偉大な竜は人々から尊敬を集め始めるのだが、いつの頃からか崇拝され始めたことで広場の中央に銅像が造られることになった。

やがて竜族が朝、昼、晩、一日に三度の礼拝を義務づけたことで、その時間帯に広場を訪れたら大勢の竜族が平伏する見事な光景を見ることができるようになった。

〝失われた大地〟の入口に街があることもあって、シュライアは今や世界中から様々な種族が多く訪れる国へと成長している。そんなアルタールの街路は様々な種族に対応できるように通常の三倍ほどの道幅がとられていた。その通りを行き交う人々を見れば角や肌が鱗《うろこ》になっている者――竜族の特徴を示す者が多い。

他にも魔族とよく混同される獣族、地下を好む小人族《ドワーフ》、珍しさで言えば大森林から滅多にでてこないエルフ等の姿も見受けられた。

魔法都市は人族が多い。だが、こちらは亜人と呼ばれる他種族が多く居住している。

そんな街にカレンたちは訪れていた。

アルスたちと別れたカレンとエルザは、知り合いのギルドが経営する店舗を訪ねてきたのだ。目的の店があるのは中央通りと呼ばれる様々な店舗が建ち並ぶ区画で、歩いていれば自《おの》ずと辿《たど》り着く。

アナグマの絵が描かれた看板。店の外からでも中の様子が見える硝子《ガラス》張りで、店内には立派な鎧《よろい》や剣が飾られており、棚には小物が並べられている。

カレンが率いる〝ヴィルートギルド〟と提携しているギルドが経営する〈穴熊の巣穴《ダックス・ネスト》〉である。

「やっほー、誰かいるー？」

まずは店主が大好きなフローラルな香りに迎えられる。

更に目に入ってくるのが可愛《かわい》らしい装飾が施された武具の配置された入口。

通路を挟むように置かれているのは三段の棚で、上段に指輪やネックレス、中段に液体の入った小瓶など、下段には化粧品が並べられていた。

どれも微《かす》かな魔力を宿している魔道具だ。

目移りするアクセサリー類の棚を、新作が入っていないかカレンが目を輝かせて楽しんでいれば、店員が走り寄ってくるのを視界の端で捉えた。

『いらっしゃいませ！　カレンさん、お久しぶりです。本日はどうかなさいましたか？』

「アカシア、レギとシギは今日は来てるかしら？」

レギとシギは双子のドワーフ姉妹で〈穴熊の巣穴《ダックス・ネスト》〉の経営者でありレーラーでもある。

またカレンのギルドと提携していることで合同遠征を行ったり、個人的にも親しいことから時折遊びに行ったりもしていた。

『レーラーたちなら今日は出勤なさってますよ』

「良かった。前に頼んでおいた物資の事とか相談したいから呼んでもらえる？」

『かしこまりました。少々お待ちください』

店員を見送ったカレンは、先ほどまで後ろにいたはずのエルザの姿がないのに気づいた。

この店に来たら何処《どこ》に行ったのか、エルザを見つけるのは案外容易《たやす》いことだ。

「やっぱりここにいたのね」

最近のエルザは〈穴熊の巣穴《ダックス・ネスト》〉を訪ねると、真っ先に足を運ぶのがぬいぐるみが置かれているコーナーである。そこには相変わらずの無表情で、背筋を伸ばして姿勢正しくぬいぐるみを見下ろすエルザの姿があった。

エルザはカレンが近づいてくるのに気づいて、すぐさま身体《からだ》を向けてきて首を傾《かし》げる。

「レギさんとシギさんはお留守でしたか？」

「ううん。いるみたいだから呼んでもらったところ。それより、気になるぬいぐるみでもあった？」

エルザは〈穴熊の巣穴《ダックス・ネスト》〉にアルスと休日に何度か来ているようで、一緒に新作のぬいぐるみがないか確認しているらしい。

最近のエルザは自分でぬいぐるみを製作するようになったが、たまに出る新作は購入しているそうだ。なので、かつては机や寝台以外が存在しなかった殺風景だった彼女の部屋がファンシーな空間に仕上がっているのだから面白い。

「いえ、次の新作がでるのは六日後なので、今日は前に買ったぬいぐるみの色違いを確認していました。あとは製作するときに参考にできそうな所がないか、敵情視察みたいなものですね」

エルザの物々しい言葉、淡々と呟くものだから冗談なのか本気なのかわからない。

カレンは苦笑しながら、一つのぬいぐるみをとった。

「敵情視察って商売敵でもないでしょうが……それにしても、ぬいぐるみをまだ増やすつもりなの？　もう十分じゃない？　自分でも作ってるんだから、そろそろ置き場にも困ってくるでしょ」

「ですが、玄孫《やしゃご》用まで考えるとまだ足りない気がします」

「玄孫って……エルザはまだ結婚すらしてないじゃない。まずは子供用だけでいいんじゃないの？」

「いえ、急に入り用になる場合もあるそうで、早く用意しておくべきだと本に書いてありました」

「いやいや、たぶん用意しておくべき物が違うわよそれ。緊急用にぬいぐるみなんておかしい話だし優先度なんて低いわ。そもそも、何十年か先に生まれる玄孫用のぬいぐるみを用意しておけ、なんて本当に書いてあったなら、そんな本は捨てなさいよ」

「なるほど……解釈違いというやつですね」

参考になる――感心したように深く頷《うなず》くエルザに、カレンは口端をひくつかせた。

「いやいや、解釈違いでも何でもないでしょーよ。なんで、エルザは将来のことを考えるとポンコツになるの？」

「失礼な。きっちりと完璧に将来のことは思い描けていますよ。ちなみにですが子供は五百人いる予定です」

「数からして現実的じゃない！　子供みたいな発想してないで、もっと、しっかり考えなさいよ！」

「ですから、ちゃんと考えています」

「それで考えてるならドン引きなんだけど……」

「なになに～？　なんか楽しそうな会話してんじゃーん」

よくわからない理由で言い争うカレンとエルザの間に割って入る人物がいた。

頭に大きなゴーグルをつけたドワーフの少女だ。

身長はカレンよりも頭三つ分は低く、一見すれば幼女とも捉えられる容姿だった。

「あら、シギじゃない。久しぶり～！」

「うん、カレンも相変わらず元気そうで安心したよ」

軽い抱擁を交わしてから二人が離れると、シギがエルザに視線を送った。

「エルザさんもいるんだ。今日はぬいぐるみの新作はないけど、どうしたの？」

「今日は来週の遠征に備えて注文していた物資の確認と、足りない物の追加注文に来たのよ。エルザはあたしの付き添い兼監視役ね」

「あ～……それなら立って会話をするのもなんだから応接室に案内するよ」

〈穴熊の巣穴《ダックス・ネスト》〉の応接室は商品の精算をする受付台の裏にある通路を行った先にあった。

更に奥に進めばシギたちの工房がある。

「レギもいるって聞いたけど、相変わらず鍛冶場からでてこないの？」

応接室に入る前に通路の奥に視線をやったカレンが呟《つぶや》いた。

レギはシギの双子の姉でそっくりな姉妹である。

性格は人見知りでシギと正反対なのだ。

「当分は引きこもってんじゃないかなぁ――あっ、好きなところに座ってくれていいよ」

シギはそう言いながら応接室に入るとお茶の準備を始める。

慣れた手際でお茶を用意するシギを見ながら、カレンとエルザはソファに腰を下ろす。

「結構忙しいのね……なら、追加で製作して欲しい物がいくつかあったんだけど難しいかしら？」

隣に座るエルザから渡された注文書をカレンは机に置いた。

「うーん、物によるかな……ちょっと見せてもらうね」

「では、お茶は代わりにわたしが淹《い》れましょう」

「うん、ありがと。エルザさんに任せるよ」

急須などを載せたお盆をエルザに手渡したシギは注文書を手に取った。

エルザが各々にお茶を配る音だけが部屋に響き渡る。

やがて、注文書を折り畳んで仕舞ったシギがカレンを見た。

「うん、問題なさそうだから注文を承りました。どれも用意するのは難しくないから大丈夫だよ。来週の遠征に合わせればいいんだよね？」

「頼むわね。でも、良かったわ。レギが忙しいって聞いたから断られると思ったもの」

「今請け負ってる仕事で難しいのはないから……アルスの注文と比べたらね」

「ああ、やっぱりアルスのアレって結構無茶なものだったの？」

まだ魔法都市を訪れたばかりの頃のアルスは、ユリアを救うために帝国五剣の第五席アルベルトと戦った。その戦闘でアルスが持っている二振りの青銅の短剣は、彼の高密度な魔力に耐えられず根元から折れてしまったのだ。

「まさか青銅の修理を頼まれるとは思わなかったよ。だって、等級が一番下だよ？　それりゃ、お姉ちゃんが造った武器だから性能は申し分ないけどさ。それでも青銅は青銅だからさ、修理を頼まれたとき、なんの悪戯《いたずら》なのか疑っちゃったからね」

お茶を飲みながら一拍の間を置いて、シギはもう一度口を開いた。

「修理費だけで鉄製の短剣が何本も買えちゃうからね。一応〝付与〟で耐久力あげておいたけど、あんな使い方してちゃまた壊れるよ。お金も無駄になっちゃうし、等級が高い武器を買うように、カレンからもアルスに言っておいてくれないかな？」

「ん～……説得は難しそうなのよねぇ……」

「アルスさんは青銅で何でも斬れるようになるのが目標と言ってましたからね」

アルスは何を斬っても壊さないという意味不明な縛りをつけながら戦っている。

エルザが呆《あき》れた様子で説明すれば、シギが面倒そうな表情を作った。

「嘘《うそ》でしょ。もしかして青銅で白金《プラチナ》とか火廣金《ヒヒロカネ》とかに勝とうとしてるの？」

「少なくともアルスは打ち合っても勝つつもりでいるようね。そのためにも魔力の操作を頑張るとか意味わかんないことを言っていたわ」

「……信じらんない。馬鹿じゃないの？　武器に魔力を纏《まと》わせて耐久力はあがったりするけどさ。それでも等級が上の武器には簡単に打ち負かされるんだから、怪我《けが》する前にやめさせたほうがいいよ？」

シギの言い分もよくわかる。彼女は武器に関することなら専門だ。だから、今のアルスの考えがとても危険な状態だというのは、カレンにもよくわかるのだ。けれども説得できるとも思えないので、困ったと頬に手を当てながら眉根を下げた。

「そうよね。お姉様とも話し合って、もう一度だけアルスを説得してみるわね」

「そうしなよ。青銅で火廣金と打ち合うなんて、ゴブリンがドラゴンに立ち向かうようなもんだよ」

苦笑しながら肩を竦《すく》めたシギは空気を入れ換えるように手を叩《たた》いた。

「そうそう、カレンにも伝えておかなきゃいけないことがあったんだ」

「なあに？」

カレンがこてんと首を傾げれば、シギは周囲を気にするような素振りを見せた。

奇妙な行動に怪訝《けげん》な表情をカレンは浮かべる。

「カレンのとこも高域に進出したって聞いたからさ。気をつけたほうがいいよ」

「なにかあったの？」

「高域で二十四理事《ケリュケイオン》のギルドを含めていくつか壊滅したみたいなんだよね」

「はっ？　な、なんで？　魔族でも暴れてるの？」

カレンが驚くのも無理はない。二十四理事《ケリュケイオン》は黒い噂《うわさ》が絶えない存在ではあるが、ギルドの強さも含めて実力は確かな者も多いのだ。そんな彼らは深域でも冒険をすることがあって、高域で壊滅するような戦力ではない。

「んー、双子山から例の狼《おおかみ》さんが下山したみたい」

ただその言葉だけで何が起きたのか、この世界で生きている者ならば通じる。

双子山は世界に一つだけしか存在せず、生息している狼といえば一匹しかいない。

「特記怪物三号〝白狼《フェンリル》〟が暴れてるの？　高域なんかで？　一体なにをしたのよ」

「理由はわかんない。最初は二十四理事《ケリュケイオン》が縄張りに勝手に入ったんじゃないかって話だったんだけど、そうでもなかったみたいだし、他にも無差別にギルドが襲われてるらしくて、ただ虫の居所が悪いだけじゃないかって言われてるみたい」

「……なるほどね。理由がわからないんじゃ厄介ね。知性があるって聞いてるけど……会話ができたりするのかしら？　でも、出会ったら見逃してくれなさそうだし」

悩ましげな溜息《ためいき》を吐《つ》くカレンにシギが真面目な顔で告げる。

「カレン、来週の遠征を中止にする勇気も必要だよ。いなくなるまで酒場の経営に集中しておいたら？」

「いえ、中止にするつもりはないわ。それに、その話って箝口令《かんこうれい》でも敷かれてるの？」

「んーん、近々、注意喚起されるって話だね」

「なら、余計に中止にできないわね。アルスがそれを聞いたら嬉々《きき》として突っ込んでいきそうだもの」

その時には誰かが止めなければならない。アルスは黙って従うような男ではないが、それでも彼の安全と周囲の被害を考えたら、ユリアたちも巻き込んでカレンは必死に止める覚悟を決めた。

「あぁー……アルスとは短い付き合いだけど、そんな感じだよね。危機感が足りないっていうか頭のネジがどっか外れてんじゃないかってぐらいおかしな行動したりするし」

「そうなのよ」

幽閉されていた影響で常識も抜け落ちており、自身の力にも疎い傾向がある。

と、シギに説明できたらどれほど楽になるだろう。

しかしながら、アルスの出生は秘密である。

少なくともカレンが明かすわけにはいかない繊細な事情だった。

魔法都市に訪れる者は大なり小なり秘密を抱えているものだ。

だから、本人が言うならともかく、他人であるカレンが軽々と口にしていいものではなかった。故に詳細が言えず歯がゆい思いだが、シギの同情の視線には頷くことしかできない。

「まあ、色々あるんだろうけどさ。一応、来週はうちのギルドも高域へ遠征に行くから何かあったら連絡ちょうだい。できることなら手伝うよ。強制的にアルスを拘束するときとかね」

最後にシギが冗談を口にすればカレンは微笑《ほほえ》む。

「アルスが暴走した時はお願いするわ。でも、シギたちも遠征に行くのね？　あたしにはやめとけって言うのに」

「そりゃ、経験が違うもん。うちは引き際がわかってるつもりだけど、カレンのところって脳筋な人が多いじゃん。キッチン担当のミチルダさんなんて戦闘系のギフトじゃないのに見た目もそうだけど武闘派だし、なんか〝ヴィルートギルド〟って、後先考えずに突っ込むような印象が強いんだよね」

「ち、ちゃんと考えてるわよ……そもそも、ず、頭脳派だと思うし、い、意外とね。それに後先考えてないいんじゃなくて、好機を見逃さないと言ってほしいわね」

カレンとしては身に覚えもあるので、否定しきれないのが辛《つら》いところだった。

「はいはい、ちゃんと考えてるんだね。わかったわかった」

苦し紛れのカレンの言葉はシギの生暖かい視線に受け止められるのだった。

＊

退廃地区は歓楽区の路地裏を抜けた先にある。

細い路地を抜けた先には汚泥と塵《ちり》に塗《まみ》れた道路があった。

歓楽区の華やかさとは真逆の世界だ。

そこにユリアは足を踏み入れていた。

「今日は……あまり視線を感じませんね」

周囲の様子を窺《うかが》いながら目的地に向かっているユリアは怪訝そうに眉を顰《ひそ》める。

最近は退廃地区に住む者たちも、ユリアの恐ろしさを学習して襲われる頻度こそ減ったが、それでも彼女の美貌に吸い寄せられる愚か者が一人や二人いたはずなのだ。

それなのに今日に限って気味の悪い視線どころか人の気配すらなかった。

「それに微《かす》かに血の匂いが空気に混じってますね。一人や二人が殺された程度じゃ、ここの汚臭に勝るとは思えませんし、どれほどの数が殺されたのやら……さて、ヴェルグさんの仕業でしょうか」

ユリアは退廃地区に隠れ住むエルフの顔を脳裏に思い浮かべた。

しかし、彼なら血の匂いすら散らさず、悟られることなく処分するだろう。

そもそも聖法教会から派遣されている彼が正体が明るみになるほどの無駄な行動をするとも思えない。

「本人に聞けばわかることですね」

結論がでたユリアは足を止める。

彼女の前には新築同然の小屋が建っていた。

隠れ住んでいるとは思えないほど目立っているが不思議と誰も近寄ることがない。

その理由を最近になってユリアは知ることができた。

人を寄せ付けないのはヴェルグが所有しているギフトの力だ。

〝マリツィアギルド〟との戦いで彼のギフトの力の一端を知ったのである。

「一時的でしたが他者の目からアルスを隠したあの力は見事でした」

どのようなギフトを所持しているのか、ユリアは確信に近い答えを所持している。

仮に戦ったらどうなるか、何度か考えたことはあるが、負けることはないだろう。

いつでも彼が敵に回ってもいいように、そのための布石も打ってきた。

今のところ裏切るような素振りは見せていないが、

「いずれは踏み絵をさせるしかありませんね」

思考を打ち切ったユリアが、小屋の扉を叩けば少し待つだけで開いた。

顔を覗《のぞ》かせたのはいつもの男――ヴェルグではなかった。

「これはこれは〝聖女〟さま、ご足労いただき感謝いたします」

フードを被《かぶ》っているせいで顔は確認できない。

声質もまた中性的で性別はわからない。しかし、この人物と会うのは初めてではない。

前にヴェルグから紹介されていたからだ。この人物と初めて出会ったのは〝マリツィアギルド〟との戦争が終了してから数日経《た》った頃だった。

「シェルフさんでしたかお久しぶりです」

ヴェルグと同じように聖法教会の任務を受け、魔法協会に潜入している聖天の一人だ。

「おぉ……我が名を聖女さまに覚えていただけて感激でございます」

嬉《うれ》しそうに声を弾ませると、シェルフは背を向けて歩き始める。

ユリアがその背を追いかけていけば応接室に通された。

すると、ソファに座っていたヴェルグが立ち上がる。

「聖女様。ご足労いただきありがとうございます」

頭を下げるヴェルグに手を向けて座るように促せば、シェルフが部屋の隅に向かって紅茶の準備を始めた。

ユリアは何も言わずにヴェルグの向かい側のソファに腰を下ろす。

「そういえば今日は退廃地区の様子がいつもと違ったのですが、何かしましたか?」

「大量の死者がでたようですよ」

肩を竦《すく》めたヴェルグが答えると、彼は視線でシェルフを見た。

「小生が説明いたしましょう」

シェルフは紅茶をユリアの手前に置くと口元に微笑を乗せた。

「今朝のことなんですが、魔王グリムが暴れたようで大量の死者がでたそうです」

「グリムがですか? どういった理由なんでしょう?」

「それはグリムの生い立ちに関係していましてね。かつて彼が育ったギルドは〝廃棄番号《アンチテーゼ》〟——魔族の手で壊滅させられたのですが、生き延びた彼は退廃地区に流れ着いたのです」

「それなら有名な話ですから知っていますよ。退廃地区に住み着いた彼はそこで王のように場を支配していたんですよね」

「そうです。さすが聖女さまは博識でいらっしゃる」

嬉しそうにシェルフは喉を鳴らしながら紅茶で口の渇きを潤した。

「それで話の続きですが、彼はギルドを設立して退廃地区から去って行きました。しかし、久しぶりに顔をだしたら生意気な連中が増えていたので、自分の縄張りを汚されたような気持ちになったのでしょう。それで目障りな連中を殺したってところが真相のようです」

「なるほど。それで他の住民たちが警戒したのもあって人気がなくなっていたんですね」

朝から〈灯火の姉妹《ヴィルート・シュヴエスター》〉に訪ねてきた魔王グリムが、なぜ血の匂いを纏《まと》っていたのかその理由がわかった。そのせいで色々と警戒させられて殺意まで放って威嚇したのだが、本人は気づいていたのだろうか。

(あそこでグリムが機嫌を損ねて襲い掛かってきたなら首を切り落とせたんですけどね。いや、それではカレンを殴った罰にはなりませんか……グリムにはもっと苦しんでいただきたいですからね)

鮮烈な微笑を浮かべながら、心の内でユリアは葛藤を始末する。

「それでアルス様の御心《おこころ》に変化はございましたか？」

問いかけてきたのはヴェルグだ。

「いえ、むしろ魔帝を目指したい気持ちは以前よりも強くなっていると思います」

「翻意を促すのは難しいですかね？」

「今の所は――ですが、将来的にはわかりません」

「何か良い手があるのですか？」

ヴェルグが身を乗り出して真剣な表情を向けてくる。

いつものニヤニヤとした軽薄な笑みはそこにはなかった。

そもそもヴェルグはアルスを聖法教会に引き込むために、大嫌いな魔法都市までやってきたのだ。心情的には早く魔法都市から離れたいのだろう。空気を吸うことにすら嫌悪感を抱くほどなのだ。今後次第ではあるが、精神的に追い詰められているのなら、一時的にでも〝大森林〟に帰したほうがいいのかもしれない。

「アルスが求めているのは知識です。魔帝になるのは叡智《えいち》が手に入る可能性も高いからでしょう。だから、聖帝《ゼウス》――聖法教会にも秘法などがあることを、地道にアピールしていくしかないかと」

決定権はアルスにある。

彼が魔帝を目指すのであれば邪魔はできない。機嫌を損ねるわけにはいかないからだ。

「気の長い話ではありますが……しばらくは魔帝を目指してもらうしかないでしょう」

シェルフもまたユリアと同じ意見のようだ。

ヴェルグは忌々しそうな表情をしているが、反対しないところを見ると別案もないので現状は仕方がないと納得はしているのだろう。

「シェルフさんにお聞きしたいのですが、魔帝になる条件などはあるんですか？」

「全ての魔王に魔帝であると認められることです」

グリムが言った魔王を倒せという意見は、あながち間違いではなかったようだ。

「やはり……単純ですが一番難しい条件ですね」

「ええ、ですから、認めない魔王がいたら首をすげ替えましょう」

「それが無難ですね。とりあえず、近々、アルスはギルドを立ち上げるかと思います」

魔王たちを説得するにしろ、倒すにしろ、どちらにしてもギルドは設立しなければならない。アルスが欲する知識や、過去の叡智を手に入れるには避けては通れぬ道だ。

「なら、こちらでも準備をしておきます。魔王たちの情報を集めておきましょう」

「お願いします。ヴェルグさんもそれでよろしいですか？」

「ええ、魔王が一人でも多く減るのなら協力は惜しみません」

ユリアたちの話を黙って聞いていたヴェルグは調子を取り戻したのか笑みを浮かべていた。

「そういえば、聖女さまは来週から遠征に向かうと聞きましたが？」

シェルフの問いにユリアは頷《うなず》いた。

「ええ、二週間は帰ってこれません。何か問題でも起きましたか？　もし、私の手が必要なことがあるのなら参加は見送りますが」

「いえ、そういうわけではないのですが……聖女さまは〝白狼《フェンリル》〟はご存じですか？」

「それはもちろん」

聖法教会では〝白狼《フェンリル》〟は神聖な生物――いわゆる聖獣として扱われていた。

その理由は白い獣ということもあるが、多くの魔王を倒してきた怪物だからだ。

故に聖法教会では白狼《フェンリル》が崇《あが》められている。

「ここ数百年ほどは双子山からでてきていないと聞いています」

「その通りなんですが、先日、高域に〝白狼《フェンリル》〟が現れたという情報を手に入れました。一応は気をつけたほうがよろしいかと」

「聖女様は大丈夫でも、他の者は厳しいかもしれませんね」

と、シェルフの言葉を補足したのはヴェルグだ。

実は〝白狼《フェンリル》〟と戦闘になりかけても白系統のギフトを持つ者は襲われない。

なぜか、そうできている。

理由はわからない。

だからエルフたちは白狼《フェンリル》が味方であると信じて、神々が残した大いなる意志だと崇め続けている。

「小生としては極力、聖女さまも接触されないほうがいいと思ってはいます」

「なぜです？」

「稀代《きたい》ギフト【光】を持つ聖女さまと接触したら何が起こるかわからないからです」

だから、慎重にとのことだった。

ある程度の話を聞き終えたユリアは最後の質問をする。

「例の計画はどうなっています？」

「近々、聖女さま直々に動いてもらう手筈《てはず》です。準備のほうはよろしいですか？」

「ふふっ、いつでもできていますよ」

艶美に微笑《ほほえ》むユリアは静かに紅茶を飲むのだった。

＊

グリムは本拠地〈星が砕けた街《エスペシアル》〉――〈潔白宮殿〉に帰ってきていた。

機嫌が良さそうな彼の様子を見てキリシャが背中から飛びついた。

勢い余ってつんのめるも、態勢を整えたグリムは何もなかったように歩き始める。

「グリちゃん元気だね！　良いことあった？」

「ああ、面白いものと出会った」

嬉しそうなグリムを見て、嬉しくなったキリシャもまた天真爛漫《てんしんらんまん》な笑顔だ。

「こっちも色々と面白い話が聞けたよ」

キリシャはグリムの背中をよじ登って、肩の辺りに顎を乗せると魔王たちとの会議の様子を伝える。参加者の名前から始まり、最終的には白狼《フェンリル》が高域に登場した話まで。

「へぇ……アイツが現れやがったか」

忌々しそうに言えば、キリシャが目聡《めざと》く気づいたようで悪戯《いたずら》めいた笑みを浮かべる。

「おやおや、ひょっとしてグリちゃんのトラウマが刺激されちゃった？」

「うるせェ、今なら無様な姿を晒《さら》すこともねェよ」

かつてグリムは白狼《フェンリル》に挑戦しようとした。だが、あの姿を見ただけで心がへし折れた。

魔王になったばかりで天狗《てんぐ》になっていたかもしれない。

自分なら六大怪物に勝てるだろうと思っていたのだ。

しかし、一目見ただけで勝てないことを悟った。

魔王になって三年、今でも差が縮まっているとは思えない。

それほど圧倒的な力が白狼《フェンリル》にはあった。

「そういや、〝ヴィルートギルド〟が来週あたりに遠征するとか言ってたな」

彼らの本拠地〈灯火の姉妹《ヴィルート・シュヴェスター》〉を訪ねた時に、会話の中で聞いた気がした。

アルスが白狼《フェンリル》と出会ったらどうなるか……。

グリムの中で答えがでそうになった瞬間に頭を叩《たた》かれた。

「あァ？　急に叩きやがって、なにしやがる？」

グリムの背中では彼の後頭部を叩いたキリシャが不満そうに頬を膨らませていた。

「キリシャの話を聞いてないからだよ！」

耳元で叫ばれたグリムは怒りを露《あら》わにしようとしたが、キリシャにさほど効果がないことを思い出したので諦めることにした。

「へいへい……いやぁ、すまん。なんだった?」

「アルスちゃんのことも話題になってたって話だよ。リリスちゃんが気にしてた」

「……ほう、何か言ってたか?」

「えっとね、なんか最初からアルスちゃんの話題を引き出すつもりで、リリスちゃんは魔王会議に参加したんじゃないかなって思ってる」

どういった会話をしたのか、キリシャが説明すればグリムは再び顔を伏せて考え込む。

第二冠に君臨する女傑リリス。

彼女が魔王になったのは遥《はる》か昔のことだ。

いつからなのか、最も古き魔王として記録されているのは確かである。

そして――その頃から〝第二冠〟なのだ。

得体の知れない魔王なのは確かで、彼女がアルスに興味をもったのは気味が悪い。

何かを企《たくら》んでいなければいいが。

「まァ……俺たちも準備しておくかァ」

「ほぇ、なんの準備?」

「今は気にすんな」

「なんで!? キリシャは、サブマスターだよぉ!?」

「うるせぇ、さっきからキャンキャン耳元で叫ぶんじゃねェよ! 引きずり降ろすぞ!」

と、仲良く喧嘩《けんか》をしていれば、目の前から顔見知りが歩いてくるのが見えた。

〝マリツィアギルド〟の幹部であり姉弟のノミエとガルムだ。

彼らの服装は所々破れており、髪の毛は土で汚れて、足取りは重く、その顔は疲れ切っていた。一目で何かがあった事がわかるほど、その格好は見窄《みすぼ》らしかった。

「……おう、どうしたんだ？」

グリムが声をかければ、恨めしそうな表情をした二人が駆け寄ってきた。

「グリム、あんたさぁ！　アタイらに全部押しつけてどこいってんのさ!?」

「そうっすよ！　サブマスターもいないし、今日だけでどれだけ攻撃を受けたかわかってんすか!?」

「なんだ、てめェら負けたのか？」

グリムが胡乱《うろん》げな視線を向ければ、怒り心頭といった具合に二人が顔を真っ赤にする。

「負けるわけないじゃないのさ。全員返り討ちにしてやったよ！」

「でも、あいつら本当にふざけやがって、絶え間なく襲撃してくるんすよ！　絶対に裏に二十四理事《ケリュケイオン》がいるに違いねぇ！」

「対人経験が積めて良かったと思うんだなァ」

グリムだって一人で街を歩けば襲撃を受けるのだ。

それこそ一度や二度じゃない。今日だけでも既に五回は襲撃を受けているはずだ。

よく諦めないものだと思うが、連中は上からの命令に逆らえないだけで嫌々襲ってきているだけの者も多い。

「そんな冷たいじゃないっすか!?」

「グリム！　あんたねぇ！　アタイは、か弱い女子なんだよ！」

「あぁ――……うるせぇ、うるせぇ、てめェら見た目の割りに元気じゃねェかよ」

三人が言い争う光景を微笑ましく見ながら、キリシャはグリムの背中に貼りついたまま欠伸《あくび》を一つする。

「ふわぁ……平和だねぇ」

＊

〝失われた大地〟の高域――とある場所にて白狼《フエンリル》は寛《くつろ》いでいた。

鬱蒼《うつそう》と生い茂る森の中、太陽の光は僅かにしか差し込まない。

周囲には生物の気配が一切なく、虫の声さえも聞こえてこない。

まさに静寂の楽園だ。

大木の一つ一つの枝葉は空に向けて高く伸びており、心地良い風が揺らすことで鳥の囁《ささや》きが漏れ聞こえてくる。

空気は新鮮で香り高い花々が優雅に咲き誇っており、多くの植物が生育していることで多彩な色と香りが森の中に満ちていた。

そんな心地良い場所で、白狼《フェンリル》は優美に自然そのものを堪能している。

しかし、妙に森が静かなのは、王者の怒りに触れることを恐れているからだ。

そんな場所に足を踏み入れる人物が一人だけいた。

その人物はフードを被《かぶ》っているせいで、顔は影に隠れて全くわからない。

かろうじて唇だけが見えていて、隠しきれない凄《すさ》まじい色気を放っていることから女性だということが窺《うかが》えた。

そんな彼女の匂いを感じ取った白狼《フェンリル》は大きな頭を持ち上げる。

「ようやく来たか」

「偉大なる白き狼《おおかみ》よ。ここまで来てくれたことに感謝します」

「わざわざ、貴様が訪ねてくるとは……くだらない連中を叩き潰したことで、何か問題でも起きたのか？」

白狼《フェンリル》から呆《あき》れ混じりの鼻息が飛び出した。その勢いで周囲の草花が散る。

「別に問題はありません。注目を浴びる結果にはなりましたが、逆にそれが良かったかもしれません」

淡々と答えていたフードの人物だったが途中で小首を傾《かし》げた。

「目的の者は見つかりましたか？」

白き狼が下界まで唐突に降りてきた理由にして暴れ回っている原因。

「いや、たった一度力を感知しただけだからな。あれから何も音沙汰がない」

「こちらでも出来る限り探しておりますが、もう少しお待ちいただければと思います」

「高域に来るギルドでも潰しながら気長に待っているさ」

つまらなさそうに白狼《フェンリル》は欠伸してから、深い鼻息を吐き出したのだが、そこには若干の落胆が入り交じっていた。

「白狼《フェンリル》殿、申し訳ないのですが、こちらから一つご依頼をさせて頂いてもいいですか？」

「なんだ？」

「〝魔法の神髄《ミーミル》〟という者がいるのですが、その者を見定めてほしいのです」

「高域にいるのか？」

「近々ではありますが、やってくる予定ではあります」

「特徴は？」

「黒衣の少年──朱黒妖瞳《オッドアイ》、名をアルスというそうです」

「そいつは貴様が探し求めているものなのか？」

白狼《フェンリル》の問いかけにフードの人物は頷《うなず》いた。

「可能性は高いです」

言葉を切ったフードの人物は息を吸ってからゆっくりと答えた。

「なぜなら――耳が良いそうです」

その言葉で白狼《フェンリル》の発する雰囲気が明らかに変化した。

楽しげに喉を鳴らして、嬉《うれ》しそうに目を細める。

「くっくくははは、なるほどな。それは本当に当たりかもしれないな」

「だからこそ、あなたに確認してもらいたいのです」

「なるほど……わかった。協力しよう」

白狼《フェンリル》は大きな巨体を揺らしながら立ち上がる。

「目的のギフト――我の目で確かめてやろう」

第三章　想定外——

茜色《あかねいろ》に染まっていく空は、迫り来る闇を警告するように紅《あか》く輝いていた。

もうすぐ夜の帳《とばり》が降りてきて、太陽は月に支配権を譲り渡すだろう。

それは、どこにでもある光景で、ありふれた自然だ。

ごくごく当たり前の風景、誰でも得られる世界の平等が広がっていた。

ただ一つだけ違和感をあげるとするならば、日常とはかけ離れた音——周囲から響いてくる魔物の鳴き声が、人々の臓腑《ぞうふ》を握り締めるような恐怖を与えてくる。

そんな場所に〝ヴィルートギルド〟が造り上げた拠点が存在した。

「相変わらず見事な壁だよなぁ……」

アルスは目の前に作られた壁を手の甲で叩いてみる。

硬い感触が返ってきて、ちょっとした衝撃では壊せないほど頑丈だった。

アルスたちが拠点を造ったのは〝失われた大地〟の中域四十九区だ。

ここは領域主と呼ばれる魔物の縄張りである五十区から離れている区画であり、他の魔物は領域主を恐れて近づいてこない絶妙な場所である。

そんな場所を人々は〝安全地帯《セーフティポイント》〟と呼んで拠点造りに活用されていたりする。

それは〝ヴィルートギルド〟も例外ではなく、明日の朝――高域に向けて出発する予定であることから〝安全地帯《セーフティポイント》〟を利用していた。

四方を土の壁に囲まれた拠点の中央では、夕食の時間帯ということもあって〝ヴィルートギルド〟の面々が集まっている。

『てめぇら飯だぞ！　明日は高域に行くんだから、しっかり食べておけよ！』

中年の男性――バンズが酒瓶を片手に騒いでいる。

魔導師としての実力は中の下であり、〝灯火の姉妹《ヴィルート・シュヴェスター》〟でキッチンの支配者をしているミチルダの夫でもあった。調子の良い男だが、若手には人気があって慕われている。

本格的に探索を開始するのは明日からだ。そのため少量の酒がシューラーたちに許されており、今日ばかりは男性陣だけでなく、女性陣も楽しげに酒を嗜《たしな》んでいた。

いつもと変わらない愉快な連中を横目に、アルスは自分の居場所を探して歩き続ける。

「アルス、こっちですよ！　一緒に夕食を食べましょう」

呼ばれて振り向けば、ユリアが大きく手を振りながらアルスを呼んでいた。

ユリアの近くには欠伸をしながら待つカレンの姿、机に料理を並べているのはエルザで、既に食事に手をつけ始めているのはシオンである。

既にいつものメンバーが揃《そろ》っていたようで、アルスは駆け足気味に机へ近づいた。

「悪い。待たせたか？」

「いえ、まだ食事の準備が終わってませんから気にしないでください」

「そうそう、お姉様の言う通り、全然待ってないから気にしなくてもいいわよ」

エルザの手伝いをしながらユリアは微笑《ほほえ》み、いつものように眺めているだけのカレンは快活な笑い声と共に喉を鳴らしている。

そんなカレンの態度に文句を言う者はいない。なぜなら、彼女が手伝ったりすれば何かしら仕事が増えてしまうからだ。シオンも言うに及ばず、静かに待っていてくれるだけで感謝できてしまうのが、周囲から二人への評価なのだった。

「それなら良かったよ。それにしても今日も美味《うま》そうだな」

料理が所狭しと置かれた机の席についたアルスは目を輝かせる。

肉類が多いのは既に食べ始めているシオンのために用意されたものなのだろう。

熱々を示すように料理からは湯気が立ち上り、風が匂いを運んで食欲を刺激してくる。

シューラーたちが騒ぐ周囲の雑音も合わさって心地良い空間が仕上がっていた。

「アルス、どうかしたの？」

カレンが問いかけてきた。アルスが視線を忙《せわ》しなく動かすだけで、料理に手をつけないことを不思議に思ったのだろう。

「いや、こうして外で食事をするときってさ。なぜかいつもより食べるのが楽しみに感じるよな」

「あ〜……それはあるわね。理由はよくわかんないけど、レーラーとしての立場ならこういう雰囲気は大歓迎よ。明日から高域の探索が始まるから、変に緊張して眠れなくなったりするより、明日を気楽に臨んで貰《もら》えたほうが苦労しなくていいもの」

「カレンって、たまにレーラーらしいことを言うよな」

「ふふんっ、そうでしょ、そうでしょ、あたしもたまには——って、ちょっと、どういう意味よ？　あたしはいつだってレーラーらしくいるでしょ!?」

アルスが思ったことを正直に言えば、カレンは身を乗り出して睨《にら》みつけてくる。

酒場の経営からギルドの運営まで、エルザが一手に引き受けていることから、どちらが本当の——という意味でなら疑問符を浮かべたくもなる。

けれども、カレンが全く仕事をしていないというわけでもなく、シューラーたちから苦情もないので、要領が良い彼女は上手《うま》くレーラーとしての地位を確立していた。

つまり、適材適所というやつなのかもしれない。

それでギルドや酒場が上手くいっているのだから問題はない。

だが、今日はたまたまアルスだったたが、たまにこうして誰かがポロっと本音を漏らしてしまって、今のようなやり取りになるのが常だった。

「カレン様はそのままで良いのです。慣れないことをされるよりは、ジッとしていただけたほうが、こちらも気にせずに作業ができますので……」

と、このようにエルザ本人が望んでやっていることだから改善されることはない。

そもそも、彼女はユリアやカレンを甘やかすことにかけては他の追随を許さないのだ。

最近ではアルスもその一人になっているが、エルザは元より他人の世話をするのが好きなだけあって、望んで今の状況を作っている節すらあった。

「そういうことらしいわよ」

「みたいだな」

カレンに苦笑を向けられたアルスは肩を竦《すく》めて答える。

「でも、エルザ。たまにはあたしを頼ってほしいわね」

さすがに任せすぎてしまっている自覚はあるのか、カレンが最後にそう締め括《くく》った。

「考えておきます。それでは食事が冷める前に食べましょう」

エルザの声を合図に各々が食事を始めるが、シオンに限っては既に二人前は食べていそうな空の皿が前に置かれていた。

今日もそうだが、主にアルスたちの食事を作っているのはエルザだ。

食事の管理もエルザがしてくれているからこそ健康でいられている。

何も考えずに大量に食べていそうなシオンの料理も、さりげなく野菜が入っていたり、絶妙な匙加減《さじかげん》で健康面に配慮されていたりするので、見る者が見ればしっかりと考えられている献立だと思うことだろう。

なにより最近では〝ヴィルートギルド〟の肝っ玉母ちゃんことミチルダに料理を教わりながら、大量の食料を必要とするシオンのおかげで多くの経験も積んできた。今ではエルザの腕前は相当なものになってきている。

「本当にエルザは料理が美味《おい》しくなりましたね。私も上達できたらいいんですが……」

「ありがとうございます。ですが、ユリア様は料理が苦手でいらっしゃるようですが、お菓子作りが得意じゃないですか」

エルザが言うように、ユリアは味覚を破壊するほどの見事な料理を作るが、お菓子作りに関してはその道の玄人にも負けないほどの腕前を見せてくれる。

なのに、料理だけは壊滅的で、どれほど練習を繰り返しても上達することがなかったので、肝っ玉母ちゃんミチルダさえも匙を投げるほどだった。

「二人とも得意なことがあっていいじゃない。あたしなんて料理もお菓子も作れないもの」

「あなたは練習をしないだけじゃないですか……」

カレンの自虐にユリアが呆《あき》れた視線を向ける。

「練習なんてやーよ。料理はエルザ、お菓子はお姉様、あたしは愛嬌《あいきょう》で、シオンは大食い。これで棲《す》み分けできてるんだからいいじゃない」

最後にオチまでつけたカレンは、話は終わりだと言わんばかりにパスタを頬張る。

「愛嬌って……確かにカレンは可愛《かわい》らしいですけど、それは自分で言うものではありませんよ」

困った表情でカレンを見ていたユリアだったが、最後のオチに使われたシオンを気遣う視線を向けた。だが、シオンは料理をとられると思ったのか、大量の肉を口に頬張りながら皿を隠すように抱き寄せる。

そんな底意地の悪い行動をシオンがするのは珍しい。

しかし、そんな態度をとるのはユリアにだけなのも、そのような仕草をするようになった原因もまたわかっている。以前のことだが二人で留守番をしてから、ユリアに対してだけシオンは警戒心が非常に強くなってしまったのだ。

そんな反応を見せられたユリアは苦笑を返すだけで食事を再開する。

「それでアルスはギルドを作ることに決めたの？」

カレンは食事の手を止めると言った。

口に物をいれたまま喋《しゃべ》るのは、行儀が良いとは言えない。

いつもならエルザから注意が飛ぶところだが、遠征だと精神的な重圧を避けるために、マナーに関しては非常に緩くなっている。

「この遠征で決めようと思ってる。オレがギルドのレーラーをやっていけるかわからないけどな」

魔王グリムも言っていたが、魔帝になる条件は曖昧だ。

しかし、前提条件としてギルドを設立するというのは間違いないことでもある。

ギルドを作るだけ作って放置したとしても罰則などはないので、アルスはその辺りを気楽に考えることにしていた。

「ふぅん、それで高域をソロで狩りしていくって決めたのね」

実は明日からアルスは単独行動だ。

ユリアたちとは別れて高域を探索することになっている。

「ギルドを作れば一人だろ。だから、ソロでやっていけるかどうか確かめたいんだ」

「わかる、わかる——って、そんなわけないでしょ！　いやいや、なんでそこでソロになるの？　意味わかんないんだけど？」

理解を示したようにカレンは頷《うなず》いていたが、途中で疑問に辿《たど》り着いたようだ。

しかし、口に食べ物が入っているというのに、中身を零《こぼ》すことなく叫べるのだから器用なものだった。感心したようにカレンを見ていたアルスだったが、隣にいるユリアからの圧力が強くなったので正直に答えることにした。

「善は急げって言うだろ。一度ソロで高域を冒険したかったから、丁度良いかなって思ったんだ」

実はギルド設立するから云々《うんぬん》は後付けで、アルスは単純に高域をソロで踏破できるかどうかを確かめたいだけだった。

「心配です。やっぱり、私もついていきましょうか？」

いつものようにユリアは過保護を発動している。

アルスがソロで高域を探索すると言ってから、ずっとこの調子であった。

だからこそ、本音は別として建前にギルド設立云々を使ったのだがお見通しだったようだ。けれども、ユリアたちは心配するだけで単独が無謀とは言わない辺り、アルスの実力をよく理解していた。

「ユリア、大丈夫だ。アタシがついていくからな」

会話に割って入ってきたのはシオンだ。食べ終わったのかと思えば、まだ料理は彼女の前に多く置かれているので、少しばかり手を休めているだけなのだろう。

「シオンさんが一緒なら安心……なのでしょうか？　うーん……？」

ユリアは不安そうに指を顎に添えると首を傾《かし》げる。

普段のシオンはポンコツなので彼女が怪訝《けげん》に思ってしまうのも無理はない。

だが、二十四理事《ケリュケイオン》という地位まで登り詰めた女傑でもあり、アルスの隣で戦っても遜色ないほどの実力は備えている。

「ユリア……これでもアタシは元二十四理事《ケリュケイオン》だぞ？」

悲しそうにシオンが言うも、ユリアの表情はそれでも晴れなかった。

「わかっているのですが……ごめんなさい。普段のシオンさんを見ていると不安しかありません」

「そ、そうか……そんなハッキリ言わなくても……い、いや、でも、安心してほしいんだ。頑張ってアルスの役に立つから、どうか納得してくれないか？　本当にこれでも三年前までは結構名の知れた魔導師だったつもりだ」

なぜか途中から必死に懇願するシオンからは、元二十四理事《ケリュケイオン》という威厳は一切感じられなかった。そんな悲壮感すら漂わせ始めたシオンに、ユリアは強く言えなくなったのか口を噤《つぐ》む。

やがて、諦めたように嘆息すると、自分を納得させるように頷きながら言葉を紡いだ。

「そ、そうですよね。わかりました。シオンさんを信じましょう。元二十四理事《ケリュケイオン》ですものね。大丈夫です。きっとアルスが暴走しても止められるはずですもんね」

ユリアがブツブツ言いながら自分の世界に旅立ってしまった。

そんな姉を苦笑しながら見ていたカレンだったがアルスに視線を向けてくる。

「まあ、今はコレだけどお姉様も後で納得してくれるでしょ。それより、ギルドの設立を申請するなら本拠地の住所も必要になってくるけど用意できるの？」

カレンの疑問にアルスは頷く。

「それは後で考えることにしてるんだが、万が一の時はシオンに頼ることにしてる。なんか良い案があるって聞いてるから、その時は任せてもいいかなってな」

「へぇ～……シオンがねぇ」

「ふふっ、それについてはカレンとユリアに、もちろんエルザにも協力してもらうつもりだからな」

胡散臭《うさんくさ》そうな目を向けてくるカレンに、シオンは自信ありげに微笑《ほほえ》んだ。

「まっ、なにをするのかわかんないけど、無茶なことじゃなければ協力してあげるわ」

「私も全然手伝いますよ。なんでも言ってくださいね」

「わたしもですか……あまり役立てないかもしれませんが頑張ります」

三者三様の反応を見せると、シオンは満足そうに頷いた。

「うん。これで完璧だ。アルス期待しててくれ、見事な物件を見つけてみせるぞ！」

「あ、ああ……よくわかんないけど頼んだ」

万が一の時はシオンに頼ると言ったはずなのだが、最初から彼女が本拠地となる物件を探すことになってしまったようだ。否定するのも面倒な空気だったので、アルスは肩を竦めると席を立ち上がった。

「ごちそうさま。それじゃ、食事も終えたし、風呂にでも入ってくるよ」

「あら、場所はわかる？」

「ああ、さっき色々と見て回ってたからな。それに、あんなに目立つ場所がわからないってことはないだろ」

食事は野外だったこともあるが、拠点も広くないので四方まで見渡すことができる。

宿泊施設などが建てられているが、一番目立つのは隅に建てられた巨大な建造物だろう。

アルスが視線を向けている先も同じで、周りの建造物とは毛色が違った。

あれこそが【土】ギフトを持つ魔導師が創造した渾身《こんしん》の浴場施設である。

「もし迷ったら中に誰かは常駐してるはずだから聞くのよ」

遠征の時に浴場は必ず造られるのだが、覗《のぞ》き対策に最低でも女性一人が番台として常駐することになっているのだ。

「ああ、わかった。迷ったら頼ることにするよ」

カレンたちから離れて浴場がある場所までアルスは進むことにした。

その足取りは軽い。遠征先で風呂に入るのが結構好きだったりするからだ。

それにシューラーたちがどんな風呂を造ったのか、それを見るのも楽しみの一つになっていた。

〝ヴィルートギルド〟に限らず、多くのギルドが遠征先で恐れているのは士気の低下である。〝失われた大地〟は特殊な環境下にあることで、変化についていけず体調を崩す者が多かったりするのだ。

少しの失敗で全滅することも珍しくない土地なので、ほとんどのギルドは食事を豪華にしていたり、お酒を許したりして士気を維持する工夫がなされている。

そんな中でも、お風呂を重視しているギルドは多い。

清潔を保てば精神の安定にも繋《つな》がり、病気を防いだりするので優先度も高いのだ。

それは〝ヴィルートギルド〟も同様に気遣っている。

しかし、近頃は風呂場の製作を担当する者たちが、普通では満足できなくなったようで個性溢《あふ》れる浴場を造り始めていた。それでも共通しているのは誰もが見事な造形をした湯船を造り、自然を取り入れた開放感を目指して、癒やしを追求していることだろう。

「……今回はなんていうか地味だな」

いつもなら外観も凝っていたりするのだが、今はただの土壁に木造の扉が備え付けられているだけの粗い造りとなっている。疑問に思いながらアルスが扉を潜《くぐ》れば、その先は別世界が広がっているのに気づいた。

「はぁ――なるほどな。入ったら驚くってやつか……見事だ」

広い玄関に迎えられたと思ったら、吹き抜けの天井が開放感を与えてくれる。次いで視線を落とせば温かみを感じる檜《ひのき》の板が敷き詰められた廊下が奥まで続いていた。

引き寄せられるようにアルスは奥に向かって歩いて行くが、途中で番台から女性が顔を覗かせる。

『すいません！　アルスさん、待ってください！』

わざわざ番台を乗り越えてきた女性シューラーは、慌てた様子でアルスの下まで走り寄ってくる。衝突寸前で立ち止まるも、あまりの勢いにアルスは背を仰《の》け反《ぞ》らせた。

「お、おぉ……なんだ？　なにか用か？」

『すっごく用事があるので！　アルスさんはこちらへどうぞ！』

元気いっぱいの女性シューラーに案内された場所には一つだけ入口があった。

「ここに入ればいいのか？」

『はい。今の男湯は酔っ払い共で騒がしいですから、静かに入れる場所も造っておいたんです。騒がしいほうがお好きなら男湯でも構いませんが、どうしますか？』

「ありがとな。今日はゆっくり入りたい気分だから遠慮して、こっちに入ることにする」

男性シューラーたちと共に風呂を楽しむのも悪くはないのだが、酔っ払いの相手をするとなれば面倒なものである。それに〝ヴィルートギルド〟の男性シューラーは絡み酒が多かったりするのだ。

『では、ごゆっくりどうぞ！』

女性シューラーに見送られて、アルスは扉を開いて中に足を踏み入れた。

脱衣所は特に変わった点は見当たらず、アルスはさっさと全裸になると浴場の引き戸に手を掛ける。

扉を開けた途端に湯煙に出迎えられたが、

「おぉ、相変わらず凄《すご》い完成度だな」

すぐさまアルスの目の前に現れた光景は見事の一言に尽きた。

広大な浴室には十人以上が入れるほどの浴槽もあれば、どこから拾ってきたのか巨大な岩や木々を配置することで自然を演出した癒やしの空間まである。

他にも魔法で創造された壁や柱の内装は精緻で凝った装飾が施されていた。

これが即席で造られたものとは思えないのもそうだが、場所が〝失われた大地〟であることを忘れさせるほどの見事な造形の浴室である。

しばらくの間、アルスは素晴らしい出来映えの風呂に感動していた。

「……相変わらず全裸で仁王立ちが好きな奴《やつ》だな」

声をかけられて振り返れば、一糸纏《まと》わないで全てを晒《さら》したシオンが立っていた。

「なんで、シオンがここに？」

「さあ？　番台にいた女性シューラーに案内されて入ったらアルスがいたからな」

いつ頃からかシオンはアルスと一緒に入っても照れることもなくなり、タオルで肌を隠すこともやめてしまった。もちろん、こうして一緒に風呂に入ることにも抵抗はしない。

マッサージをする時だけは、やけに嫌がって逃走することは多々あるものの、概《おおむ》ねこうして普通に会話ができるぐらいにはなっていた。

「オレと一緒か……」

どういうつもりかわからないが、あの番台にいた女性シューラーに図られたようだ。

「変に気を遣わせたのかもしれないな。まあ、せっかく一緒になったんだ。背中を洗ってやろう。そこに座れ」

もはや羞恥心なんて捨て去ったような態度で、シオンは親指を浴槽近くに置かれている椅子に向けた。その小さな反動だけで並々ならぬ双丘が激しく揺れて、まるで空気まで振動しているかのような錯覚にさえ陥ってしまう。

これを目にしたのが常人であったならば激しく興奮したのだろうが、アルスは一瞥《いちべつ》だけするとシオンの顔に視線を戻してしまった。

「シオンからそんなこと言うなんて珍しいな」

普段ならアルスが誘って、シオンが渋々承諾するのがいつもの流れであった。

そんな珍しい態度のシオンを拒否する理由もないので、アルスは素直に椅子に座る。

風呂桶《おけ》を使って浴槽からお湯をくみ上げたシオンは優しく背中を流してきた。

「未来のマスターの背中を流すのも悪くないと思ってな」

冗談なのか、本気なのか、どっちとも取れる口調を訝《いぶか》しく感じつつも、シオンなりに思うところがあるようなので、アルスは好きにさせることにした。

「なら、マッサージも頼むよ」

「そ、それは……さすがにまだ無理だ」

「エルザにマッサージの仕方を教わってるんじゃないのか？」

「いや、確かに教わっているが……あそこまで振り切れてない。なんで胸をあそこまで酷使しなきゃいけないのか……エルザに説明を求めても納得できたことがないんだ」

シオンはアルスの背中を泡立てながら、エルザとのやり取りを思い出す。

「それにあの無表情で淡々と言うから説得力はありそうに聞こえるんだが、中身がないから全く理解ができないんだ」

「ああ――……男女でマッサージの仕方が違うからな」

「それも良くわからないんだが……カレン曰《いわ》くエルザはムッツリだから言動と行動が見合ってないから理解しようとしても無駄だということだったな」

愚痴を吐きながらもシオンはアルスの肩を撫《な》でるように優しく洗っていた。

それからは互いに無言になり、黙々とシオンがアルスの身体《からだ》を綺麗《きれい》にしていく。

「さて、そろそろ前を洗うとするか、こっちを向いてくれるか？」

シオンはアルスの肩を摑《つか》んで向きを変えようとしたが、

「あら、今回の出来も素晴らしいじゃないの！　あの娘たち後で褒めてあげなきゃ！」

唐突に騒がしい音が発生したことで二人の視線はそちらに引き寄せられる。

「本当に素敵ですね。〝失われた大地〟にいることを忘れてしまいそうです」

「カレン様がギルドを設立するときに、【土】ギフトを持つ者の勧誘を優先させたこともあって、お風呂の建造技術力だけで言えば〝ヴィルートギルド〟は〝数字持ち《ナンバーズ》〟よりも上かもしれません」

「そうなんですか……でも、自分の願望を優先するあたり、カレンらしいと言えばカレンらしいですね」

「いやいや、お姉様、ちゃんとあたしの話を聞いてからにしてよ」

浴場が広いせいなのか、カレンたちがアルスたちに気づいた様子はなかった。離れた場所にいることもあり、湯気も手伝って視界が悪いのも原因の一つかもしれない。

「【土】とか創造系ギフトは人気あるから奪い合いになるのよ。だから優先的に確保しておかないと悲惨なことになっちゃうの。その辺りを疎《おろそ》かにしちゃうと、例えば遠征で一日もお風呂に入れないって状況にもなりかねないわけ。泥や血とか汗が混ざった匂いって独特で強烈なの知ってるでしょ。そんなくっさい匂いをアルスに嗅がれたりするのって、お姉様は耐えられるの？」

ユリアたちは身体に湯をかけてから、浴槽に足だけをいれると縁に座って話し始める。

「それは………確かに嫌ですね」

「でしょ？　それが一週間、二週間ってなったら本当終わるわよ」

三人の会話を聞いていたアルスだったが、

「よし、前も綺麗になったぞ。湯船に入ってこい」

シオンに肩を叩《たた》かれてアルスは気づいた。いつの間にか洗い終わっていたようだ。

「ふふんっ、アタシも上手《うま》くなったものだな。頬ずりしたくなるほどの出来映えだ。どこに出しても恥ずかしくない」

シオンには悪いが全裸で出歩くつもりはない。けれども、彼女の腕が成長したと言われたら頷《うなず》かざるを得ない。

まさか、こちらが気づかない間に洗い終えるとは思わなかった。

「ああ、ありがとう。じゃあ――おっ？」

椅子から立ち上がろうとしたアルスだったが、両肩にシオンとは違う手が置かれる。

「先ほどから見ていましたが、首の裏が疎かでしたね。洗えていないというわけではありませんが、綺麗にというにはほど遠いが及第点といった感じでしょうか。細かい部分でまだだのようですが、シオンさんも上達しているようで喜ばしい限りです」

エルザがアルスの首裏をぺちぺち叩きながら長々と語れば、シオンは渋面を作って視線を逸《そ》らした。その姿はまるで小姑《こじゅうと》から責められているかのようだ。

せっかく身体を洗ってくれたのだから、アルスはシオンを助けることにした。

「いや、十分だよ。それより、三人はどうしてここに来たんだ？」

と、言いながらアルスはエルザの肩に手を回してシオンから離れていく。

最後に自身の身体を洗うように視線で伝えれば、シオンは感謝を示すように両手を合わせて苦笑を浮かべていた。

「ここは幹部用の浴場ですからね。もちろん、男女別にしていたのですが、アルスさんと我々の関係性を考えて気を遣わせたのかもしれません」

「シオンと同じみたいだな」

二人が会話をしながらカレンたちの下に辿《たど》り着けば、胡乱《うろん》げな視線を向けてきていた。

「アルスがなんでいるのか、なんて今更だから聞かないわ。でもね、いくら浴場だからって全裸で肩を組んで歩いてくるのってどうなの？」

「じゃあ、こういうときはどうするんだ？　手を繋いだほうが良かったのか？」

「えと………少し離れて歩くんじゃない？」

いざ聞かれるとカレンは返答に困ったようで眉根を寄せる。

女性同士でも距離感が近かったり、胸を揉《も》んだりして騒いだりするので、肩を組むぐらいなら何も問題はないことに気づいてしまったのだろう。

「あっ、やっぱり男と女だから不健全――って言いたいけど、あんたたち二人に言ったところで今更感すごいもんね」

自分で言ってから何やら納得したようで、カレンは最後に肩を竦《すく》めて首を横に振った。

「うん、好きにしなさい。考えたら問題なんてなかったわ」

タオルの位置を整えながらカレンは立ち上がると、隣で足湯をしていたユリアに目を向けた。

「それじゃ、お姉様、背中洗ってあげるわ」

「はい。アルスはもう洗い終わったんですか？」

ユリアもタオルで身を隠しているが、その程度の生地一枚で豊満な身体を隠し通せるはずもなく、蠱惑的《こわくてき》な双丘が今にも零《こぼ》れ落ちそうなぐらい揺れていた。

未《いま》だ幼さを残しているせいでユリアもカレンも清楚《せいそ》な雰囲気が勝っているが、アルスの隣にいるエルザやシオンなどは大人の色気というものを醸し出していた。

胸の大きさ、身体の肉付き、肢体のライン、それぞれが美の個性を別々に放っている。

世に生まれ落ちた男児ならば、一度は夢を見る楽園がココにはあった。

しかし、独占できるのは唯一人だけである。

「ああ、シオンがオレの身体を洗ってくれたんだ。ユリアたちは今からか？」

「はい。なら、アルスは湯船に入って待っていてください。私も洗い終わったらすぐに向かいますので！」

「それもいいわね。でも、無理して待ってなくてもいいわよ」

ユリアとカレンが離れていこうとしたので、アルスはエルザを解放してから二人の腕を摑んだ。

「せっかくだ。明日からしばらく会えないからオレが洗ってやるよ」

「えっ、いいわよ。明日から大変なんだから、今日はやめておきましょう」

「そ、そうですよ。アルスの体調が――ふわっ!?」

「遠慮しなくていいさ。あと最後に二人と一緒に入ってから結構経《た》つだろ」

五月蠅《うるさ》かったので黙らせるためにも、アルスは二人の肩を抱き寄せる。そのまま椅子が置かれている場所へ向けて歩を進めていく。ちなみにアルスから解放されたエルザは、カレンが腕を摑んだことで逃げられなかった。

「はっ、あんた逃がすと思ってんの？　本当このムッツリは油断も隙もありゃしない」

「カレン様、それは誤解です。それにわたしはムッツリではありません」

「あんたがアルスにおかしなことばかり教えるから、こんな状況になるんでしょうが！」

「わたしは男女の入浴方法を教えていただけです。そこにやましさなんて一欠片《ひとかけら》もありませんでした。カレン様が勝手にそう思っているだけです。だから、想像力が豊かなムッツリはカレン様なんですよ」

「はぁ？　自分の身体を使ったマッサージが健全だとでも？　ふざけんじゃないわよ。あまりにも卑猥《ひわい》すぎて羞恥心が死ぬわ！　変態だから耐えられるんでしょ」

「おいおい、カレンとエルザも仲良くしろよ。もしかしたらストレスが溜《た》まってるのかもしれないな。身体を洗い終わったらマッサージもしてやるよ」

明日はソロで探索するから、ゆっくりしようと思っていたが撤回することにした。

いつものことだと気にしなかったら、あとで重大な事柄だったなんて事もよくあることだ。ここは二人の仲を取り持ちながら、マッサージで疲れをとってもらおう。

日頃から彼女たちには世話になっている。

ここは全力で感謝の気持ちを示すときだろう。

「い、いえ、アルスさんのマッサージは逆なんです。次の日に支障がでますから、今日のところは身体を洗ってもらうだけで本当に大丈夫です」

「そ、そうよ！　ストレスなんてないわよ。むしろ絶好調だもん！」

騒ぐ二人を無視していたアルスだったが、ふと沈黙を保っていたユリアと目が合う。

「えっ、嘘《うそ》……私もですか？」

「当たり前だろ」

「そ、それならシオンさん！　彼女にもマッサージをっ！」

必死に訴えてくるユリアだったが、

「いや、アタシは明日からアルスと行動を共にするからな。身体も洗ったことだし、マッサージは後日でいい」

どこか余裕に満ちた声が浴槽から届いた。

薄い湯気に視界を遮られながらも、皆の視線が心地よさそうに湯に浸《つ》かるシオンを捉える。

「アルス。アタシがいない分、全力でマッサージをしてやってくれ」

とても良い笑顔でシオンが言えば、周りの女性陣は恨めしそうに彼女を睨《にら》みつけた。

しかし、シオンは気にしてないばかりか、小馬鹿にするように鼻歌まで奏でる始末。

「ああ、そうだ。ここは特別仕様だから声とか気にしなくていいらしいぞ」

余計なことまで口走ったシオンに三人から怨嗟《えんさ》の感情が向けられる。

でも、彼女は愉快だと言わんばかりに浴槽で身体を浮かせて口笛を吹いていた。

「なら、久しぶりに全力をだすか」

アルスが楽しげに指を鳴らせば、死刑宣告を受けた犯罪者の如《ごと》く、ユリアたちの顔から血の気が引いていった。

*

朝日が到来する。

西の果てに闇が追い払われて、東から太陽が顔を覗《のぞ》かせると、地上の生物も一斉に動き始める。それは〝失われた大地〟で野営地を築いた〝ヴィルートギルド〟も例外ではない。

彼らは魔物すら寝静まっている時間帯から動き始めて、一切の痕跡を残さずに拠点を撤去すると、高域一区に繋《つな》がる中域五十区へ向かっていた。

領域の境目には領域主と呼ばれる強力な魔物が例外なく出現する。

それらは主に五十区を根城としており、時折、四十九区などに気まぐれで進出することもあった。

「ミノスマンダーか……」

アルスの前に現れたのは牛のような体格をした巨大な魔物だ。

ミノスマンダーの頭部には鋭く湾曲した角があって野性的な印象を与えてくる。鋭い眼光を放つ紅瞳は狂暴さを感じさせるほど輝いていた。上半身はがっしりとした筋肉で覆われている。強靱《きょうじん》だと思わせる体格は黒褐色で、巨大な体軀《たいく》と筋肉の隆起は毛で覆われており、特に背中や腕には長い毛が茂っていた。

領域主に相応《ふさわ》しい力強さと野性的な狂暴さを兼ね備えている。

対するのが常人であれば身が竦むほどの恐怖を感じるのだろうが、生憎《あいにく》と〝ヴィルートギルド〟の面々は恐れなど一切抱いていなかった。

「どうする？　アルスがやっちゃってもいいわよ」

「いいのか？　シューラーたちの訓練になるんじゃ？」

「今回で二回目だし、前みたいにすぐに帰還するなら、経験を積ませるために戦わせても良かったんだけど、今回はアルスが倒したほうが皆の気合いが入るでしょ」

「よくわかんないけど、それなら、さっさと倒してくるよ」

アルスはあまり時間をかけるつもりはなかった。

初めて戦うわけではないのと、今後も戦い続けるだろう魔物だからだ。

実は高域で〝転移〟が付与された魔石は瘴気《しようき》の影響で使えない。だから、高域に入るには中域を経由しなければならず、これからも〝失われた大地〟で冒険するなら今後もミノスマンダーと戦う機会は多いというわけである。

「さっさとどいてもらおうか、オレは高域に用があるんだ」

アルスは距離を蹴り潰すと、小さく息を吐き出して気合いを入れる。

至近距離まで詰められたミノスマンダーは驚愕《きようがく》したように目を見開いていた。

しかし、その戦いは一言で終わりを告げる。

蹂躙《じゆうりん》。

ただただ一方的だった。

領域主という存在は命を摘み取られるのを待つだけの雑魚に成り下がる。

一瞬で血だらけになったミノスマンダーを眺めるカレンにエルザが近づいた。

「カレン様、狙い通りにシューラーたちは身が引き締まったようですよ」

「あら、良かったわ。これで高域で油断することはなさそうね」

アルスと行動を共にするようになってから、シューラーの中で自分たちの実力を勘違いする者が増えていた。それに加えて公式で認められはしなかったが魔王グリムが率いる

〝マリツィアギルド〟に勝利したのが、彼らを増長させてしまっていたのだ。

「だから、改めてアルスの戦い方を見せる必要があったのよね。生半可だと目を覚まさないでしょうから領域主ミノスマンダーとの戦いを見せたのは正解だったみたいね」

どこかで身の程を知る必要があった。怪我《けが》を負わせることなく思い知らせるなら、そう考えた時アルスの規格外の戦いを見せたほうが手っ取り早いと思ったのだ。

しかし、残念なことにアルスの戦い方は全く参考にならないので、決して真似《まね》はしないでほしいとカレンは心の中で付け加えた。

「あれで素人みたいな戦い方じゃなかったら、アルスに教えを請う子もでてくると思うんだけどね」

「あれは引き継がれていく技術ではありません。一代限りの戦い方でしょうね。後にも先にもアルスさん以外にあんな戦い方ができる人がでてくるとは思えません」

二人が話し合っている間にも、

「〝竜咆《ファーヴニル》〟」

魔法名が呟《つぶや》かれた瞬間にミノスマンダーが木《こ》っ端微塵《ぱみじん》に吹き飛んでいた。

肉片どころか液体となって地面に吸われていく。

素材の回収は諦めたほうがよさそうだ。

「気を遣わせたみたいですね。カレン様が急《せ》かすようなことを言うからでは？」

「説明不足だったのは認めるけど、そんな怖い顔をしないでよ」

「アルスさんだから大丈夫ですが、急かせば万が一ということもあります。それにシューラーたちだと怪我では済まなくなりますので、今後は気をつけてくださいね」

「は～い、反省します。それじゃ道が開けたからシューラーたちへの指示は頼むわね」

カレンは逃げるようにアルスの下へ駆け寄った。その背中をエルザがしばらく睨んでいたが、途中で諦めてシューラーたちの下に歩み寄っていくのだった。

背中から強烈な威圧が消えたのを察したカレンは、安堵《あんど》の溜息《ためいき》を吐《つ》きながらアルスの肩を叩《たた》く。

「アルス、お疲れ様！　調子のほうはどう？」

「いつも通りかな。悪くないが……おい、すごい汗だぞ。なにかあったのか？」

「あぁ……ホントね。色々あったから、でも心配しなくても大丈夫よ」

エルザの重圧を受けて知らない間にカレンは大量の汗を掻《か》いていたようだ。

「それならいいけど、ほら、これ使えよ」

アルスが差し出してきたのはハンカチだ。彼の言葉に甘えてカレンはハンカチを借りると額に浮いた汗を拭った。

「ふぅ……ありがと。返すわね」

「あ、ああ……でも、普通は洗って返すんじゃないのか？」

常識だとカレンから植え付けられた記憶がアルスにあったが、その張本人は可愛《かわい》らしく首を傾《かし》げるだけだった。

「しばらく離れるから寂しいでしょ？　あたしのことを思い出したくなったら、そのハンカチに染み付いた匂いを嗅げばいいわ」

「カレンじゃないんだから、そんなことはしないが――まあ、いいか……何かに使えるかもだしな」

ユリアの匂いを嗅いで鼻息荒くする変態《カレン》と一緒にしないでほしかった。それでも人間の女性を襲う魔物も存在するので、誘《おび》き寄せるのに利用できたりするかもしれない。

「それで、ここからあたしたちと別れて進むことになるけど、本当にそれでいいのね？」

「ああ、問題ない。なんだったら、どっちが早く〝魔都〟に辿《たど》り着けるか勝負するか？」

「それもいいわね――って、馬鹿、競争なんて考えてないで安全に進むことを考えなさい。そっちは二人なんだから怪我とかには気をつけるのよ」

「そうですよ。アルスさん、一人じゃないんですから突っ走らないことです。後ろにはシオンさんがいらっしゃるんですから、気を遣ってあげてくださいね」

と、言ってきたのはシューラーたちへの指示を終えたエルザだ。

「それと、こちらは昼食です」

彼女は布に包まれた弁当箱を渡してきた。

「おぉ、弁当ありがとう。あと、いつも気を遣ってるつもりだぞ？　ちゃんと魔物は独占せずに譲ったりしてるだろ」

「いつもと変わらず大量の魔物が押しつけられそうですね。シオンさん無事に〝魔都〟で会えることを祈っております」

エルザが背後を振り返れば、弁当の匂いに釣られたのかシオンが立っていた。

「ま、待ってくれ……今からアルスと冒険するかと思ったら胃が痛くなってきた」

「ただの食べ過ぎでは？」

「ち、違う！」

二人を静かに見守っていたアルスに、ちょこちょこ近づいてきたのはユリアだった。

「アルス、本当に気をつけてくださいね。怪我をしたら許しませんよ」

「ああ、そっちこそ無茶をしないようにな。ユリアは魔物を独占したりするからな。その辺り気をつけろよ」

稀代《きたい》ギフト【光】を所有しているユリアは時間を置き去りにする。その速度についていける者は人類で存在せず、だからこそ単独で解決しようとする傾向がある。

「いえ、私は独占とか考えたことないんですが……ただ通り道にいるのを狩ってるだけなので、アルスみたいに好んで倒してはいませんよ」

「いえ、アルスの言う通りね。お姉様だってアルスに言えるほど協調性があるかと言えばないわよ。あたしから言わせれば二人とも何でも一人でやろうとしすぎなのよ」

「そんなつもりはないんだけどな。ちゃんと自分ができないことは任せてるつもりだ」

「私もできないことは無理にやろうとはしてませんけど……」

「二人とも自覚がないのよね。それじゃ全然ダメダメ、あたしを見なさいよ。ほとんどエルザを頼ってるでしょ。任せるだけじゃダメ、情に訴えて頼んないとね」

なぜかカレンは胸を張っておかしな主張を始める。

微妙に論点も外れてきているような気もしたが、カレンが勢いよく喋《しゃべ》り続けているので指摘できる合間がなかった。

「面倒な事は全部押しつけ――いえ、頼るのよ。アルスはギルドを設立するなら、丸投げできる人材の確保とか、その辺りも上手《うま》く調整できるようにならないといけないわよ」

「カレン様、本音がダダ漏れですよ。ですが、わたしのことをどんな風に思っているのかよく理解できました」

カレンの背後から声を掛けたのはエルザだ。普段は無表情だから感情が読めないのだが、今日に限っては怒りを抱いているのがわかってしまう。

「え、エルザ……違うの」

カレンも失言だったことに今更ながらに気づいたのだろう。

その顔は気の毒に思うほど血の気が引いている。

「ははっ、ちょっとした言葉の綾《あや》って言うかさぁ」

カレンは卑屈な笑みを浮かべながら、なぜか地面に両膝をついた。

「その……いつもいつも助かっています。エルザ様がいなければ、あたしなんて本当に生きていけません」

まるで風のような鮮やかな動き、風景と同化するかのように存在感は希薄となって、最終的に雑草のように地面と一体化する姿は見事なものだった。

要するに、カレンは綺麗《きれい》な土下座を披露したのだ。

まさに自然の一部、違和感など何処《どこ》にもない。最初から存在していたが如《ごと》く頭を伏せ続けている。そんな卑屈になった彼女の頭を見下ろしていたエルザは深く嘆息した。

「はぁ……カレン様、今は時間も惜しいですから話し合うのは後日にしましょう」

「そ、そうね！　そろそろ出発しましょうか！」

勢いよく跳び上がったカレンは、なぜかアルスに近づいていく。

「アルスたちは二人だけなんだから出発しなさい！」

支離滅裂なことを言い始めたカレンだったが、アルスは彼女の瞳を見て指摘することを諦める。なぜなら瞳を潤ませて助けてほしいと訴えていたからだ。

「お、おう……シオン、もう出発しても大丈夫か？」

「ああ、胃痛もマシになったからいつでもいけるぞ」

「それじゃ行くとするか」

「あっ、アルス、さっきの勝負だけど受けてあげることにしたわ」

「さっき断らなかったか？」

どちらが早く〝魔都〟に到着できるか、その勝負を先ほど提案したわけだが、カレンは遊びじゃないからと断ったのだ。

だから、急に賛成したのをアルスは疑問に思ったわけだが、ふとカレンの背後に視線をやると、いつの間にかエルザが立っているのに気づいた。

「こ、断ってないわよ。怪我するから余計なことは考えるなって言ったの」

「いや、あの言い方だと断ったと思うだろ……まあ、いいけど、急にどうして勝負する気になったんだ？」

「し、勝負するんだから、負けたりしたら罰ゲームってのがあるでしょ？」

元から涙目になっていたが、今はさっきよりひどくなってきている。

目尻に溜《た》まった涙が今にもこぼれ落ちそうなほど大きくなっていた。

さすがのアルスも気づく。まるで台本があるかのような言動、誰かに脅されているかのような態度、きっとカレンは背後にいるエルザに何か言われたのだろうと。

「そりゃな……あってもいいと思うが、負けたら罰は何にするんだ」

アルスは助け船をだすことにした。失言したカレンが明らかに悪いと思うが、それでも世話になっている少女が哀愁を漂わせているのだから助けるべきだろう。

「あっ、うん！　それなんだけどね。そろそろ出発しないといけないし、あたしが決めておくわ！」

カレンの瞳が嬉《うれ》しそうに輝いた。そこに先ほどまでの絶望はない。今にも小躍りしそうなほど全身を喜びで震わせていた。

「でも、よく考えたら人数差から明らかにカレンが有利じゃないか？」

普通なら三十人を超える魔導師を抱える〝ヴィルートギルド〟が断然有利だろう。

そもそも勝負にすらならないかもしれない。そんな当たり前のことを今更ながらに気づいたアルスだったが、カレンは杞憂《きゆう》だと言わんばかりに胸を張った。

「それぐらいのハンデは欲しいところね。そっちは二人って言っても元二十四理事《ケリュケイオン》と戦闘狂のタッグじゃないの」

「シオン、元二十四理事《ケリュケイオン》の戦闘狂とか言われてるぞ」

「いや、後者はどう考えてもアルスのことだと思うぞ」

シオンが苦笑して答えれば、カレンが呆《あき》れた視線を向けてきた。

「ホント相変わらず無自覚なんだから……それで勝負は引き受けるのね？」

「受けて立つ。罰ゲームもそっちで決めてくれていい」

カレンの最終確認にアルスは力強く頷《うなず》いた。

「ふふんっ、後悔するんじゃないわよ。こっちにはお姉様がいるんだから負けないわ」

「やっぱりハンデなんて必要ないと思うんだがな」

もしユリアの魔力が無限にあれば一日で高域を踏破できるだろう。

それほど唯一無二の【光】ギフトは強力で、本気になったユリアを止められる者は存在しない。

「今更撤回なんてさせないわよ。罰ゲームを楽しみにしてなさい！」

挑発的な笑みを浮かべたカレンが、アルスの肩を叩いてシューラーたちの下に行く。

その背中を見送っていれば、入れ替わるようにユリアが現れた。

「アルス、私の罰ゲームも楽しみにしててくださいね」

「アルスさん、わたしの罰ゲームも楽しみにしててください」

エルザも珍しく微笑を残して、アルスの返事も待たずに去って行った。

三者三様の反応だったが、共通していたのは何かを企《たくら》んでいそうな顔をしていたこと。

「……なんか嫌な予感がするな」

「いずれわかるさ」

慰めるようにシオンがアルスの背中を叩いてくる。

「さっ、それよりも出発しよう。カレンたちはもう行ったぞ」

「そうだな。勝負に負けるわけにはいかないし、こっちも動くとするか」

続々と高域に入っていく〝ヴィルートギルド〟を横目に、アルスたちも境界線に立つ。

〝失われた大地〟の中域と高域の境目は一目で判断できる。

足下を見れば大地の色が明らかに違ったりするからだ。

一歩先に進めば草原が広がり、一歩後退《あとずさ》れば森が広がっている。

まるで別世界に飛び込んだように景色が様変わりするのが境目の特徴であった。

「ここからは高域の魔物か……楽しめる魔物がいれば嬉しいな」

大胆不敵な笑みを残してアルスは一歩踏み出した。

＊

「アルスたちも高域に入った頃かしら？」

カレンは先ほどまで自分たちがいた中域に目を向けた。

それほど距離は離れていないが、既にアルスたちの姿は見えなくなっている。

これも境界線の特徴だ。

高域と中域は瘴気《しようき》の濃度にかなりの差があることから、大気に強い影響を及ぼしており、物体や景色の遠近感を消失させているばかりか、湿度や気流の変化が錯覚を生み出して人々の目を欺いているのである。

「アルスさんが今更、高域に入るのを躊躇《ためら》うとは思いませんし、シオンさんも気後れするような性格はしていないでしょう。今頃は二人で走りながら魔物を軽々と倒しているかもしれません」

エルザがカレンの言葉に反応を示した。そんな彼女の手は忙《せわ》しなく動き続けている。

彼女が持つ弓から放たれる矢は一直線に飛ぶと狙い通りに魔物の頭を貫いた。

周囲では怒号が鳴り響いて、剣戟《けんげき》の音が空間を斬りつけている。

その様子を眺めていたカレンは苛立《いらだ》ち混じりに舌打ちをした。

「ついてないわね。まさか、高域に入ってすぐに魔物の群れと遭遇するなんて」

カレンは迫り来る魔物の頭を槍《やり》で貫くと、引き抜いた勢いを利用して次の魔物の頭を叩《たた》き潰した。地面が砕けて砂が舞い、血の匂いと混じり合って空気を汚染する。

「エルザ、怪我人《けがにん》は？」

「軽傷が数名です。今は後方に下がらせて手当を受けています。怪我の具合から見ると今後の行動に支障はありません」

「突発的な遭遇なのを考慮すると奇跡みたいな被害ね。不幸中の幸いってやつかしら」

「かもしれません。普通なら全滅してもおかしくなかった状況ですが、遭遇した魔物がそこまで強くないのに救われましたね」

カレンたちの前で暴れている魔物は猿型だった。

草木が生えない荒れ果てた乾燥地帯を好む種で、全身が灰色の毛で覆われており強靭《きょうじん》な筋肉を持つがその体軀《たいく》は人間の女性よりも遥《はる》かに小さい。毛と同じ色を持つ眼《め》には他の魔物よりも知恵と知識が宿り、そして常に強い本能を輝かせている。

その名はウドムラ、討伐難易度はLv．5であった。

ウドムラは体格こそ小さいが、強靱であり高い知能を有しているため、人々から厄介な存在だと思われているが、実はそれほど脅威ではない。

単独であれば人間の男性であれば勝てる。女性であっても魔導師であれば難なく倒せることだろう。つまり、ウドムラは群れだと多少の脅威はあるけれど、単独となったら討伐難易度がLv．3辺りまで極端に下がる魔物でもあった。

高域に入った瞬間にウドムラの群れと遭遇したため、当初は混乱してしまったが徐々に落ち着きを取り戻している。今では余裕さえも垣間見《かいまみ》えていて、油断せずに楽々とウドムラを着実に狩って減らしていた。

「ウドムラの素材は回収しなくてもいいわ。魔石だけ取って先に進みましょう」

ウドムラの肉は毒が含まれており食べられない。他の部位も防具や武器に使用できるほどの素材ではなかった。しかも、ウドムラは死を迎えてから急速に腐り始めることもあって人々から忌避されている。要するに時間が経《た》つにつれて、とんでもない悪臭を放つようになって、その匂いが染みつけば一ヶ月は人々から避けられることになるのだ。

なので、ウドムラから素材は獲《と》らないし、肉も食べることはないのである。

「かしこまりました。では、今後の予定を各班に伝えてきます」

エルザが去ってから入れ替わるようにして現れたのは愛《いと》しの姉だった。

「カレン、アルスのことなんですけど……たった二人で大丈夫でしょうか？」

ユリアはいつものように過保護全開で心配節を炸裂《さくれつ》させている。

昨日の夜はアルスにマッサージされたことで、脳がお花畑だったこともあり忘れられていたようだが、寝てしまえば薔薇色《ばらいろ》思考も普段通りに戻ってしまったようだ。

「大丈夫よ。ていうか、心配するだけ無駄でしょ」

魔王グリムに易々《やすやす》と勝てたことから、アルスの実力は底知れない。

そもそも、彼が苦戦した姿など想像できないのだ。

アルスの実力を考えればソロで深域に挑戦できるとカレンは思っている。

付け加えて元二十四理事《ケリュケイオン》のシオンがいるのだから高域で狩れない魔物はいないはず。

「あの二人が本当に危機に陥るときって特記怪物三号〝白狼《フエンリル》〟と出会ったときぐらいじゃない？」

あたしたちにも言えることだけど、と、最後に付け加えたカレンは苦笑した。

「白狼《フエンリル》ですか……今はどうなっているんですか？」

「目撃情報が一切なくなったみたい。最後に確認されたのは三日前、高域四十八区でギルドを一つ潰して姿を消したみたいよ」

白狼《フェンリル》が目撃されてから今日に至るまで、壊滅させられたギルドは十に到達する。

それでも魔法協会は沈黙を保ち続けている。

巷《ちまた》では白狼《フェンリル》を恐れているから報復しないとか、邪魔なギルドを消すために白狼《フェンリル》を利用しているのだと囁《ささや》かれている。

「でも、どうして〝魔都〟が襲われないのでしょうか？　白狼《フェンリル》の目的はわかりませんが、大きな街があれば一番に狙われると思うんですけど」

「さあ、特記怪物なんて天災みたいなものだしねぇ……理由なんてあってないようなものなんじゃないかしら」

ユリアの疑問に答えを持ち合わせていないカレンは首を竦《すく》めた。

すると、

「〝魔都〟が無事なのは偏《ひとえ》に特記怪物六号〝女王〟が守護しているからです。あとは配下の上級魔族と隷属した強力な魔物を含めれば、白狼《フェンリル》が単独で壊滅させることは難しいでしょうね」

二人に近づいてきたエルザが説明してくれる。

この頃にはシューラーたちはウドムラを殲滅《せんめつ》していた。

魔物の亡骸《なきがら》を放置してる辺り魔石の収穫も終えたようで、今は各々が好きな体勢で休息をとっているようだ。そんな和やかになりつつある光景を横目に、出発するのは少し待つことにして、カレンは話を続けることにした。

「女王と言えばギフトが【死霊】だっけ？　どういう能力なのか、エルザは知ってる？」

「詳細はわかりませんがギフトの【言霊】に近い系統だと聞いています」

「へぇ……それで多くの魔物や魔族を従えてるって噂《うわさ》だけど、洗脳とかそっちが強いギフトなのかしらね」

「洗脳をするのも、持続させるにも、膨大な魔力を必要とするはずなのですが……六大怪物の一角を占めるだけあって、女王は膨大な魔力を所持しているのかもしれません」

「はぁ……最低でもアルス並の魔力があると仮定して、更に上級魔族を従えてるんでしょ。他にも中級や下級もいるし、魔物だって飼ってるんだから、もし敵対なんてすることになったら厄介なことになりそうね」

　自身の考えを口にしていたカレンだったが、途中である事実に気づいて顔を真っ青にした。

「えっ、嘘《うそ》。もしかして、女王って魔王たちが全員揃《そろ》っても討伐するの厳しいんじゃないの？」

「そうですね。女王単独なら討伐も可能でしょうが、〝魔都〟を相手にするのなら魔法都市の全勢力を使う必要はありそうです。ですが、〝魔都〟は女王を神輿《みこし》に一致団結しているのに対して、魔法協会の上層部は利権争いで忙しく一つに纏《まと》まってるとは言い難い。なので争うことになったら良くて引き分け、悪くて全滅でしょうか」

「うへぇ……そりゃ、先人たちの負の遺産なんて言われるわけよね」

かつて魔法協会は女王と事を構えたことがあって、多大な犠牲を払いながらも追い詰めたらしいのだが、愚かなことに二の足を踏んで勢いを喪失させてしまった。

そんな絶好の機会を逸したことで、以前よりも女王は強大になり、手がつけられなくなった今の状況を現在の人々は負の遺産と呼んでいる。

「なにより厄介なのが女王が〝魔都〟の支配者であることでしょう」

〝失われた大地〟の高域に進出したギルドにとって、〝魔都〟は必要不可欠な存在になりつつある。魔族に守られているとはいえ、安全に休息できるという点が魅力的であり、素材の売買や物資の補給だってできてしまう。

もし、運良く女王を討伐できたとしても、同時に支配者を失った〝魔都〟が秩序を失うということでもある。それ以前に魔族と完全に敵対してしまうので〝魔都〟を利用することなどできなくなる。そうなると困ってくるのは〝魔都〟の恩恵を享受していた者たち——冒険者であり、魔導師であり、彼らが所属する国家、または魔法協会のギルドも例外ではない。つまり、数百年という長い年月、女王を放置してしまった結果、〝魔都〟は国家として揺るぎない立場を確固たるものにしていたのだ。

「今更〝魔都〟の代わりなんて作れないしね。魔法協会と同等の戦力を持つ都市を作るなんて誰にもできないもの」

「〝魔都〟が誕生してから二百年ですか……新たな都市を造るのに同じ時間が必要だとすれば潰すのは得策ではありません。なので、女王はもはや安易に手を出してはいけない存在として各国では扱われているそうです」

「そりゃねぇ……女王の機嫌を損ねて戦争になれば国家存亡の危機だもの。そうじゃなくても〝魔都〟へ出禁って言われるだけで損害はすごそうだしね」

「触らぬ神に祟《たた》りなしです。それでは、そろそろ出発するとしましょうか」

カレンが肩を竦めて苦笑すれば、エルザは懐中時計を見ながら答えた。

異変はその時に訪れる。

最初に違和感に気づいたのは、二人の会話を聞いていたユリアだ。

「カレン、エルザ……地面が揺れています」

「言われてみれば……そんな感じがしないでもないわね」

ユリアが警戒に満ちた言葉を発したことで、カレンは爪先で地面を少し抉《えぐ》ってから周囲に視線を巡らせる。

微《かす》かに地面が揺れているのは事実だが、その原因がどこにあるのかは不明だった。

その時――、

『魔物だ！』

シューラーの叫びで全員に緊張が奔《はし》った。

だが〝ヴィルートギルド〟の面々は慌てることなく迅速な行動を開始する。

休息していたというのに、得物を手にすると周囲の警戒を厳にして指示を待った。

その間、カレンはすぐさま声の主を探して視線を忙しなく動かす。

すぐに見つけることができた。だが、同時に魔物の正体まで知ることになる。

なぜなら、シューラーの前に一体の魔物が立ちはだかっていたからだ。

「ガルグルボダ！」

その魔物は古代の岩人とも呼ばれている。

奇妙な風体をした生物は乾燥した岩肌から生まれ落ちて、荒野の中で砂を餌にして進化してきた。

肌は岩の質感をしており非常に硬い。また長い時間の流れに応じて、静かに変化を繰り返してきたガルグルボダの全身は、無数の岩を組み合わせたかのような凹凸のある身体《からだ》となっている。

普段は岩山の中に姿を隠していることが多いが、稀《まれ》に陽射《ひざ》しに身を委ねるように人前まで姿を現すこともあった。

愚鈍そうな見た目とは裏腹に動きは素早く、一撃一撃が非常に強力で、決して大人しい魔物でもない。

なにより、縄張り意識が非常に強い生物でもあり、同類を力で従わせて己の縄張りを拡大する傾向があった。

「エルザ！　ガルグルボダは高域四十二区以降の魔物でしょ！　なんで、こんな浅い区にいるのよ！」

「わかりません。高域一区にガルグルボダの目撃情報はございませんでした。何か異常事態が起きているのは間違いありません」

カレンがエルザに確認している間にも、続々と地面からガルグルボダが出現する。

いきなり目の前に現れた魔物に全員が対処できるかといえばそうではなく、幾人かが暴力的な破壊力を秘めた一撃をくらって地面を転がった。

だが、伊達《だて》にいくつもの死線を潜《くぐ》ってきた〝ヴィルートギルド〟ではない。

怪我人《けがにん》を救助するために、素早く行動する者も多くいた。

『おい、そっちもっと魔法で弾幕を張ってくれ！　そいつを近づけるな！』

『まずいぞ。抜かれる！　後衛、逃げろ！』

〝ヴィルートギルド〟は突発的な奇襲を上手《うま》く防いだように思われたが、休息中だったこともあり、隙間を縫うようにして現れたガルグルボダの群れに、いくつもの班が分断されてしまったことで連携がとれず、隊列の乱れが修正できないまま戦闘を開始した。

その結果、数人が単独でガルグルボダに囲まれる事態に陥ってしまう。

もし、孤立した彼らが集中的に攻撃を受けたらひとたまりもない。

「まずいわね！」

カレンは最悪の事態を避けるために救出に向かおうとしたが、その前進を遮るように腕が前方に現れる。

その腕の主に視線を向けると、白銀の少女が涼しげな表情で立っていた。

「カレン、私に任せてください」

ユリアが得物を引き抜いた。陽射しを浴びた刃が、まるで天から降り注ぐ星屑《ほしくず》のように輝いている。けれど、そこに暖かさは一切なく、冷たい光が反射しているだけだ。

まるで極寒の地にいるような空気を放つ純白の剣は、まるで銀の妖精のように麗しいユリアが持つことで神秘的な雰囲気を強く醸し出していた。

やがて、ユリアの華のように艶のある柔らかな唇が官能的な曲線を描き、まるで極楽に誘い込むように綻んだ。

「〝光速《エクレール》〟」

瞬く間の出来事――ユリアの姿が霞《かす》んだと同時に全てが終わる。

結果は言わずとも目の前の景色が答えだ。

地面には大きな岩が転がっているだけ、何も知らない第三者がこの光景を見れば、ただ岩が密集した場所なのだとしか思わないだろう。

あれほど緊迫した空気が一秒もかからずに霧散してしまった。

まるで幻惑を見せられていたかのように誰もが信じられない状況に思考を停止する。

そんな中、比較的早く正気に戻ったのがカレンであった。

「はぁ……相変わらずお姉様の〝光速《エクレール》〟って強烈ね。何度見ても慣れないわ。なんか記憶を失ったんじゃないかってぐらい景色変わるから、現実を受け入れるまで時間がかかるのよね」

カレンは言いながらガルグルボダの素材を回収するように指示を飛ばす。

レーラーらしい行動を起こしたカレンの身振り手振りを眺めながら、エルザも同意だと言わんばかりに力強く頷《うなず》いていた。

「以前よりも空白時間が短くなっているような気もしますから、更に成長しているのは間違いないでしょう」

そんな二人の隣に戻っていたユリアは照れたように頬を片手で押さえた。

「ふふっ、褒めてもらえて嬉《うれ》しいです。これでも、アルスの狩りに毎回付き合わされていましたからね」

遠い目をしたユリアの笑顔はどんどん乾いたものに変わっていく。

「ついていけなければ死ぬしかありませんでした。一つ一つの決断が死に直結したので、

〝光速《エクレール》〟を使っている間の判断力が鍛えられたのもありますね」

アルスの狩りが地獄の行軍なのはカレンとエルザも知っている。だから、ユリアみたいに哀愁を漂わせた表情も、かつての自分と重ね合わせることができた。

だからこそ、三人の胸中はある種の心配で占められている。

どうかシオンが壊れませんようにと、彼女の無事を願うばかりであった。

「ああ……それと気のせいだといいんですが、前回来たときよりも魔物の数が多い気がするんです」

と、言ったユリアの視線の先で、シューラーたちがガルグルボダの解体を始めていた。

やはり元々が岩のせいもあり素材採取に苦戦しているようだ。

ちなみにガルグルボダは金が必ず採れて、他にも食べる砂によっては、武具を製造する鉱石を身体に含んでいたりするので人気が高い魔物である。

「お姉様の気のせいじゃないと思うわよ。あたしだっておかしいって感じているわ。何度も魔物の群れから奇襲を受けるなんて話は聞いたことがないもの。エルザは何か知ってる？」

「魔物の異常発生は瘴気《しょうき》の影響もあるので断定はできません。しかし、以前から噂になっている白狼《フェンリル》が現れた影響も大きいかと」

「白狼《フェンリル》の存在を恐れた魔物たちが南下して浅い区にも出没してるってことね」

「はい。そうであるなら高域四十二区以降に生息しているガルグルボダが一区にいる説明もつきます」

　自身の推測がエルザに肯定されたことで、カレンはある結論に達することになった。

「それってマズくない？　下手したら〝魔物行進《モンスターパレード》〟が発生するんじゃないの」

　普段の〝魔物行進《モンスターパレード》〟は争いで敗れた領域主などが雄叫《おたけ》びなどで周辺の魔物を恐慌状態に陥らせて発生する場合が多い。だが、ごく稀に強力な魔物が瘴気から誕生することがあって、領域主や周辺の魔物は恐怖から縄張りを捨てたりする。その際にも〝魔物行進《モンスターパレード》〟が発生したりするのだが、今回は白狼《フェンリル》がその役割を果たしているのかもしれない。

「ないとは言い切れませんね。白狼《フェンリル》の出没がどういった影響を及ぼすのか我々にはわかりません。わたしたちがこうしている今も変化していて、他の場所ではもっと悲惨な状況になっているかもしれません」

「はあ……お姉様にはギフトの使用を控えてもらうつもりだったけど、そういうわけにもいかなくなりそうね」

　アルスと狩りに行けば彼は大量の魔物を譲ってくれたりするので、かなり鍛えられたりする。だから、カレン、ユリア、エルザ、シオンの四人は急成長を遂げているのだが、その恩恵をシューラーたちのほとんどが享受できていない。

　だから、今回の狩りでシューラーたちに経験を積ませて成長を促そうとした。

ユリアがギフトを使用するとシューラーたちが全く戦えなくなってしまうので、彼女には緊急時以外は待機してもらうつもりだったが、甘いことを言っていられる状況じゃなくなってしまった。

「しばらくはシューラーたちだけで戦ってもらうつもりだったんだけどな」

「こうも想定外な出来事が続くとなると難しいかと思います」

「これが最後とも限らないから……申し訳ないんだけど、お姉様の負担が増えるかもしれないわ」

「構いませんよ。私も色々と試したいことがありますから、遠慮せず頼ってください」

「ありがと、頼りにしているわ」

予想外の連続だったが、それでも引き返すという判断はカレンにはできなかった。

シューラーたちによる魔物の奇襲への対処が的確だったこと。

ユリアのおかげで危機的状況は脱したこと。

二度も奇襲を受けるという最悪な状況の中で、結果だけを見れば怪我人は少数、撤退するほどの被害がでていないからだ。

シューラーたちの士気も落ちておらず、ここから先は何があるかわからないから帰還するなんて言えば、臆病風に吹かれたとシューラーたちに不満しか残らないだろう。

「ここからは慎重に進みましょう。いざとなれば撤退も視野にいれるから、そのつもりでいてね」

「かしこまりました。シューラーたちにも無理はしないように厳命しておきましょう。あとはいつも以上に周囲を警戒するようにも伝えておきます」

エルザが去って行けば、カレンは姉に目を向けた。

「こうなるとアルスのほうも大変なことになってるかもしれないわね」

「そうですね。無茶をしてなければいいんですが……」

「そうね……シオンの無事を祈りましょう」

美人姉妹は雲一つない空を見上げるも、なぜか曇ってるように感じるのだった。

第四章　魔都

死屍累々《ししるいるい》。

その場所を表現するなら、その一言で十分だ。

太陽は快活、空は快晴、風は爽快、なのに地上だけが凄惨だった。

高域四区。

魔物の死体で溢《あふ》れる草原を疾駆するのは二つの影。

その一つは二振りの短剣を構える黒衣の少年。

彼は目の前に立ち塞がった魔物に目掛けて跳躍する。

驚異的な脚力を見せる少年――アルスの表情には愉悦が浮かんでいた。

「これで三十五体目かな？」

たった今、まるで紙のように一撃で切り裂かれた魔物は、カレンたちが奇襲を受けたガルグルボダだ。

「なあ、ガルグルボダだっけ？　コイツを相手にするのも、そろそろ飽きてきたんだが、どうにかならないか？」

背後で土埃《つちぼこり》をあげながら倒れるガルグルボダを顧みることなく、アルスは前を向いて走り続ける。彼の視界はガルグルボダの群れが埋め尽くしており、代わり映えしない景色にアルスは辟易《へきえき》とした表情を浮かべていた。

「どうにもならん。そもそも、ガルグルボダは四十二区以降に出現する魔物だったと思うんだが……アタシが知らない間に生息域に変化があったのかな？」

アルスに返答したのは隣を併走する女性で、その額には二本の角が生えていた。

それは上級魔族の証《あかし》だが、厳密に言えば彼女は〝人造魔族〟と呼ばれる三大禁忌によって生み出された存在だ。

本来なら人類の宿敵として討伐対象であったが、紆余《うよ》曲折《きょくせつ》あってアルスに助けられた彼女――シオンは彼に従属することになって彼と行動を共にしていた。

「そうか、残念だな。邪魔な奴《やつ》だけ倒して、さっさと五区へ進むとするか」

欠伸《あくび》混じりに言いながら、アルスはガルグルボダの頭を蹴り砕いて大地に沈める。

「カレンたちは今頃どのあたりまで進んだかな？」

「さあ、あちらのほうが数は多いから先を進んでるかも。なにより【光】ギフトを持つユリアが本気をだせば誰も追いつけないだろう」

アルスの背後を走るシオンは、彼が倒したガルグルボダの魔石を器用に回収していく。

シオンは速度も落とさず何気なく魔石だけ採っているが、見る者が見たらその卓越した技術に感嘆とした吐息を零《こぼ》したことだろう。

残念ながらこの場にはアルスしかいないため、称賛されることなどないのだが。

「確かに、ユリアにギフトを使われると厳しいかもな。だからって、諦めるのも違うと思うから、もう少し速度をあげるか」

「なんだと？」

シオンは頰を引き攣《つ》らせながら、半眼でアルスを睨《にら》みつけるも効果はなかった。

「シオンも遠慮しないで魔物をどんどん倒してくれていいからな」

「遠慮なんてしてないぞ？」

感情が抜け落ちた能面のような表情でシオンは否定する。

だが、もっと強く言っておかないと、アルスに都合良く解釈されてしまう恐れがある。

その可能性に気づいたのか、シオンはアルスの返答を待たずに口を開いた。

「そもそも、なんか魔物が異常に多い気がするんだが？　本当なんだが？」

慌てて発言したせいか、少しばかり言葉がおかしくなった。

けれども、それをアルスが不審に思うことはなく、興味を惹《ひ》くことが出来たようだ。

「こんなものじゃないのか？　中域は魔物が大型の傾向があるけど、高域は群れる魔物のほうが多いんだろ。なら、別におかしいとは思わないけどな」

「いやいや、どう見てもおかしい。いくら群れると言っても普通は十四以下なんだ」

シオンが指差した先にいたのは猪《いのしし》のような魔物で、視界に映っているだけでも二十は下《くだ》らなかった。

「ジャノヴァまで……こいつも普通なら高域四区にいるような魔物じゃない」

本来なら深い森の闇に潜む猪の魔物だ。

その体軀《たいく》は野生の力強さと荒々しさを隠そうともせず、深紅の瞳は闘志と敵対心によって禍々《まがまが》しく輝いている。天を向くほどの猪の鼻は湿り気を帯び、オーガのような口から伸びる牙は獰猛《どうもう》の象徴であり、獲物を一瞬で裂くことができるほどに鋭かった。

先頭に立つ猪は他よりも一回りほど大きい。群れの長なのが一目で理解できた。

常人なら気後れしそうなほどの威圧感を放っている魔物の群れだが、

「ははっ、ようやく違う種類の魔物が現れたか！」

アルスは新手の登場に瞳を爛々《らんらん》と輝かせていた。

そんな彼を見ながら余計だと思いながらも、シオンは一応問いかける。

「手伝うか？」

「いや、必要ない。けど、ガルグルボダが追いついてきたら任せてもいいか？」

邪魔な分だけ排除してきたので、追いかけてきている可能性を考えたが、一度振り返ったアルスの視界にはその姿は確認できなかった。しかし、ガルグルボダは地中に潜むのを得意としているので、隠れながら近づいてきている可能性も否めない。

「わかった。そっちが来たらアタシが対処しよう。安心してジャノヴァと戦ってくれ」

「何かあったら叫んで教えてくれ」

それだけ言い残して、アルスは大地を力強く蹴って加速する。

「それじゃ、ジャノヴァ、オレを楽しませてくれるか？」

短剣二振りを握り締めたアルスは、翼のように腕を広げると、更に身を低くして前駆姿勢で疾走する。

狙いは一つ、先頭に立つ一回り大きな猪、アルスは狙いを定めるように眼《め》を細めた。

まず群れの長を守ろうと、ジャノヴァ二頭が前に立ち塞がる。

「邪魔だ」

一頭の眉間に短剣を突き刺して、残ったジャノヴァの首を切り裂く。

鮮やかに二頭を始末したアルスは跳躍する。

呆気《あっけ》にとられたように頭上を見上げたジャノヴァの長。

まるで人間のような表情の豊かさを見せた長の頭にアルスは踵《かかと》を振り下ろした。

「おっ、頑丈だな」

脳が揺れたのか巨体を左右に揺らすジャノヴァの長を見て、アルスは獰猛な笑みを浮かべた。

「これは耐えられるか？」

アルスはジャノヴァの長の鼻に拳を叩《たた》きつける。

「〝衝撃《ウエグブラセン》〟」

詠唱破棄された魔法はすぐに効果がでる。

ジャノヴァの身体《からだ》が波打ち、頭蓋骨が砕ける音が響き、最後に頭部が破裂した。

返り血を浴びないようにアルスが後ろに跳べば巨大な猪は地面に沈んだ。

「……うん」

あっさり倒せてしまったことで、アルスはジャノヴァへの興味を失った。

狂暴そうな見た目からもう少し張り合いがあると思ったが見かけ倒しだったようだ。

そんなアルスの様子を呆《あき》れた様子でシオンが見ていた。

そして、長を失ったジャノヴァの群れは、本能的に危険だと悟ったのか威嚇するだけで近づいてくることはなかった。

敵《かな》わぬとも襲い掛かってくるなら、その心意気に応じて相手をするのだが、魔物といえども戦意を喪失した生物をアルスは積極的に狩ろうとも思わなかった。

「あとはシオンに任せるよ。物欲しそうな顔をしてたからな」

「だから、アタシはそんな顔はしてないが!?」

文句を言いながらもシオンはジャノヴァの群れに襲い掛かった。

相手が戦意喪失していようが、立ち塞がるならシオンは攻撃を躊躇《ためら》うことはない。

シオンは動揺するジャノヴァの群れの中心を陣取り、手当たり次第に鉤爪《かぎづめ》で急所を突き刺して絶命させていった。

「なあ、シオン、ジャノヴァの肉は食えるのかな？」

殲滅《せんめつ》作業を行っているシオンに、アルスは呑気《のんき》に話しかけた。

「確か食べることができたはずだ」

苛立《いらだ》った口調でシオンは返答してから、怒りを反映した一撃をジャノヴァに見舞った。

「なら、少しだけ持っていくとするか」

「食料なら十分にあるだろう？」

「一週間分もな。でも、シオンの食欲を考えたら足りない気がするんだよな」

「…………そう言われると、足りない気がしないでもない」

「だろ？」

「でも、三時間も経《た》たずに四区に来たからな。このペースだと三十区の〝魔都〟まで一週間もかからないと思うぞ」

疑問を口にしながらシオンは最後の一匹を倒して額に浮いた汗を拭う。

「さて、肉はどれぐらい獲《と》って――えっ？」

シオンはジャノヴァの肉を獲ろうとしたが、アルスが急に背を向けて走り出した。

「なっ、ちょ、ちょっと、アルス、どこにいく!?」

「せっかくだし、色々な魔物の肉を獲っていこう。あっちに魔物の影が見えるから、食べられるかわからないが倒していこう」

「いや、〝魔都〟に行くのだろう!?」

思わず手を伸ばすシオンだったが届くはずもなかった。

シオンが呆気にとられている間にアルスは遥《はる》か遠くまで走り去っていく。

「アルス！　魔物の肉を食いにきたんじゃないぞ!?」

シオンの素っ頓狂な声は届くことはなかった。

＊

〝魔都〟は天に届くかのように高い壁に囲まれている。

その分厚い石壁は幾度もの魔物の襲撃に耐えて、その歴史を語るように無数の傷や修復痕が存在していた。

壁の内側には石畳の大道が街を縦横に走り、煉瓦《れんが》造りの建物の壁面には、蔓草《つるくさ》が芸術品のように美しく絡みついている。その窓辺には花々が咲き誇り、風に揺れる様は、まるで街が息吹《いぶ》いているかのようだ。

街の中心には広場があって、そこに建つ時計塔は古典的ながらも長い年月を生き抜いてきた時代の美しさを象徴しており、重厚な針がゆっくりと動く度に、時間の流れが優雅に感じるほどであった。

そんな〝魔都〟にアルスが辿《たど》り着いたのは高域に入って三日目の朝だ。

強大な魔物を阻む〝魔都〟の巨大な門を見てアルスは眼を輝かせている。

「すごいな。何を想定してこんな扉を造ったんだ。もしかして巨人族はこれぐらい身長が高かったりするのか?」

明るい表情を浮かべるアルスとは違って後ろにいるシオンの瞳は光がなかった。

「よく勘違いされるが、アルスが思ってるよりは巨人族は小さいぞ」

「そうなのか……見たことがないからな。いつか会いたいもんだ」

「それで門についてだが、聞いた話では女王が隷属させた魔物に合わせているらしい。あとは我々は貴様たちよりも大きい存在で、強大な力を有している。と、〝魔都〟の門が高いのは人類への示威の意味が込められてるとも言われているな」

「なるほどな。人類は〝失われた大地〟に住む魔族や魔物からすれば侵略者のようなものだからな。ある程度の示威は必要というわけか」

「そういうことだ。いつの世も自分の実力を勘違いした奴が余計な諍《いさか》いを持ち込むものだからな。わかりやすい示威というものが必要なのだろう」

まるで死んだ魚のような眼をしながらシオンは説明を終える。

彼女の動きは緩慢で服装も泥だらけであり、怪我《けが》こそしていないが、精神的にも肉体的

にもとうに限界を迎えた者の顔をしていた。

そんなシオンを一瞥《いちべつ》したアルスは苦笑を残して門に近づいていく。

「……かつては人類の土地だったのに今となってはむしろ逆になってるんだから皮肉なもんだ」

高域にある街なだけあって人が殺到していることもなく、あっさりと巨大な門の前に辿り着けば、一際目を引く男性が立っていた。

服装の上からでもわかる筋肉質で鍛え抜かれた肉体、整った顔立ちからは自信が満ち溢《あふ》れており、その佇《たたず》まいだけで強者だということが理解できる。なにより特徴的な二本の角は上級魔族の証《あかし》だ。

アルスが近づけば鋭い目が向けられる。

常人ならば怯《ひる》むこと必至だろうが、生憎《あいにく》とアルスには全く効くことはなかった。

「あー、すまない。聞きたいことがあるんだが、どうやったら通してもらえるんだ？」

『身分を証明する物があれば誰でも入れるぞ』

言葉は少なかったが、その態度は堂々としていて隙なども一切見当たらない。

門の守護者という自負があるのか、仕事に対する真摯な姿勢が滲《にじ》み出ていた。

「アルス、魔法協会から提供されてる指輪を渡せ。それが我々の身分証だ」

「ああ、なるほど」

シオンの助言に従ったアルスは左手薬指の指輪を門番の魔族に手渡した。

彼は指輪を空に翳《かざ》してから、奇妙な箱を取り出す。魔石が埋め込まれていることから、魔道具の一種ということがアルスにも理解できた。続いて、門番の男は箱にアルスの指輪を入れると、数秒が経ってから取り出して返却してくる。

『〝魔都〟にようこそ。偉大なる魔導師たちよ。我々はキミたちを歓迎する』

門番の声に反応して門が動き始める。

歴史を感じさせる音を奏でながら、ゆっくりと開いていく重厚な鉄製の扉。

扉が開いていくにつれて、その背後に広がる風景が姿を現した。

〝魔都〟の煉瓦調の街並みを初めて見る者は、驚きと美しさに圧倒されることだろう。

更に奥に広がる広場や宮殿、古代の建造物と近代の建造物が合わさった街は、まるで幻想の世界を表現したかのようで美しく歴史的な価値を秘めていた。

「おぉ……これはすごいな」

「楽しめてるようで何よりだ。最初は誰でもこの門を見れば驚く。いや、扉が開いた時に見える景色にかな」

感嘆の溜息《ためいき》を零《こぼ》したアルスの様子を見てシオンは嬉《うれ》しそうに微笑《ほほえ》む。

だが、その瞳は相変わらず暗く淀《よど》んでいた。

その原因は単純明快——疲労である。

〝魔都〟まで異常なまでの速度でやってきたのだ。

いくらアルスから魔力を与えられているとはいえ、肉体的な疲労はどうしようもない。

街の中に入れば大きな道路に出迎えられた。また道路を挟むように露店がだされており、周囲から美味《うま》そうな匂いが漂ってきていた。

そんな大通りを行き交う人々の数は魔法都市と比べても負けていない。

「アルス、〝魔都〟を見て回るか？　案内ぐらいならできるぞ」

「シオンは詳しいのか？」

「二十四理事《ケリュケイオン》だった頃に、何度か足を運んだことがある。オススメの店とか言われたら困るが、有名な観光場所は知っているからな。道案内ぐらいなら可能だ」

「楽しそうだが、今日はやめておこう。泊まる予定の宿に案内してくれ」

アルスは断る。

疲れているシオンを休ませたい気持ちが勝ったからだ。

それに、せっかくなのだからユリアたちと合流してから〝魔都〟を見て回りたいと思ったのである。

「それならどこに行きたいか考えておくといい。泊まる予定の宿に行く道の間にも色々と面白そうなのがあるからな」

と、シオンは言ってからカレンから伝えられていた宿を目指して歩き始める。

やがて見えてきたのは豪華な宿屋だった。

青と赤の鮮やかな外観で、二階部分から伸びる露台には複雑な装飾が施されており、年代を感じさせる丸い窓が強い存在感を放っていた。

宿屋の玄関には、美しい彫刻や精巧な装飾が施された扉が設けられており、屈強そうな竜族の警備員が二人も立っている。

「なあ、シオン。宿屋に警備員ってのは当たり前なのか？」

アルスは幽閉されていた影響もあって世間知らずだ。

それに居候の経験はあっても、宿屋で泊まったこともないので、こうして警備員がいるのが普通なのかも判断ができない。

「警備員がついてる宿屋は治安が悪い国では結構当たり前の光景だぞ。けど、魔法都市にはそういった宿屋は存在しないから、アルスが知らないのも無理はないな」

「〝魔都〟はそれほど治安が悪そうに見えないけどな」

大通りでは子供たちが駆け回っていたり、少し離れた広場では赤ん坊を抱いた女性たちが楽しげに会話を繰り広げている。警備員が必要なほど治安が悪い場所にあるとは到底思えなかった。

「この街は魔族と魔物の国だから、問題が起きたときの法は人類の味方じゃないんだ」

どちらかと言えば魔族寄りに法律が作られている。

だから無用な争いを避けるために、人類専用の宿屋がいくつか存在するそうだ。

また酒場なども人類向けというものがあるらしい。

見分ける方法は警備員が配置されているかどうか。だから、人族が泊まれる場所には基本的に警備員が立っているので見分けはつきやすい。

「魔族向けの宿屋は警備員はついてないんだ。だから、人族が泊まれる場所には基本的に
「へぇ～、つまり〝魔都〟で迷子になったら警備員がいるところに行けば安全なのか」

「そういうことだな。けれど、たまに詐欺を働く奴《やつ》もいるが、魔法都市にある退廃地区みたいなのは〝魔都〟には存在しないし、治安は魔法都市と比べても良いほうだろうな」

理由は女王を恐れて魔族や魔物が悪事を働かない傾向にあるそうだ。

「いつまでも入口で立ってると他の客の迷惑だから入ろう」

シオンに促されてアルスは宿屋〈雄牛の巨人〉に足を踏み入れる。

最初に暖《あか》かな灯りに迎えられた。

次いで調和のとれた大広間が視界に映り、どこか精神が落ち着くような香りが鼻腔《びこう》を刺激してくる。天井を見上げればシャンデリアが輝いていて、壁に掛けられた美しい絵画や鏡の魅力を引き出すように辺りを照らしていた。

奥に進めば贅沢《ぜいたく》に装飾された上質な木材で作られた受付が存在している。

『いらっしゃいませ。恐れ入りますがご予約はお済みでしょうか？』

「ああ、〝ヴィルートギルド〟で予約しているはずだ」

受付にいた従業員に問いかけられたシオンは、〝ヴィルートギルド〟の紋章が刻まれた指輪を手渡した。すると、従業員は小さな箱を取り出すと、指輪を入れて確認作業を始める。

『確認がとれました。こちらお返しいたします』

シオンと従業員を横目に、アルスは改めて宿屋の中を見渡した。

さっきは気づかなかったが、宿屋は人類ばかりで魔族の姿はない。

入口付近にはレストラン兼酒場も併設されており、夜は出歩かないような工夫がされているようだ。やはり、いくら治安が良くても夜となれば勝手が変わるのかもしれない。

『お部屋にご案内させていただきます』

従業員の案内に従って歩き始めれば、アルスが案内されたのは三階の客室だった。

『お部屋はこちらになります。何かご用がありましたら、部屋に備え付けられた魔石にてお知らせください。それでは失礼いたします』

丁寧に一礼した従業員が去って行くのを見届けてから、アルスは客室の扉を開ける。

足を踏み入れたら、まず柔らかな絨毯《じゅうたん》が足裏を優しく包み込んで迎えてくれた。

高い天井が広々とした空間を演出して、真っ白な部屋の壁は暖色の調度品と完璧に調和している。窓からは日光が差し込み、その光は部屋全体に柔らかな輝きをもたらし、織りなす影は空間に深みと奥行きを与えていた。

「今日は疲れただろ。もう休んだほうがいいんじゃないか？」

アルスが目を向ければ、限界なのかシオンが壁にもたれかかっていた。

「ほら、こっちだ」

アルスはシオンの腕を摑《つか》んで部屋の奥に連れて行く。

広い部屋の中央には精緻な彫刻が施された小さな机が置かれている。

壁際には寝台が五台並んでおり、寝心地の良さそうなシーツに覆われていた。

「五人部屋みたいだな」

カレンたちと同部屋なのかもしれない。

仮令《たとえ》、男女別だとしても合流した時に話し合えばいいだろう。

まずはシオンを休ませないといけない。

寝台に寝かせようとしたアルスだったが、

「いや、待ってくれ……休む前に風呂に入って汚れを落としたい」

シオンはそのまま寝ることを拒否してきた。

気持ちはわかる。

埃《ほこり》と泥に塗《まみ》れた身体《からだ》で寝るよりも、綺麗《きれい》に汚れを落としてからのほうが、きっと寝心地は段違いで、目覚めだって爽快に違いない。

「わかった。なら、オレが洗ってやろう。ついでにマッサージもしてやるよ」

「えっ……た、助けて……こんな状態でマッサージなんてされたら死ぬぞ？」

必死に首を振るシオンだったが、対するアルスは満面の笑みを浮かべていた。

「遠慮するな。ここに来るまでオレに付き合わせて苦労をかけたからな」

アルスは優しく語りかけながらシオンを誘導する。

広い浴場は大理石で飾られ、大きな浴槽と高級そうな入浴品が用意されていた。

「うん。これだけの広さがあれば大丈夫だ。遠慮なくマッサージを受けてくれ」

「い、嫌だッ……本当に無理！　耐えられない。ひ、ひぃ!?」

シオンは抵抗しようとしたが、思ってた以上に疲労が溜《た》まっていたのか、彼女は簡単に浴場に引きずり込まれるのだった。

＊

カレンたちが〝魔都〟に辿《たど》り着いたのは、シオンがアルスに入念なマッサージをされてから二日後のことだ。

〈雄牛の巨人〉に併設されたレストラン兼酒場で、アルスたちが昼食を食べていると騒がしい音が聞こえてきた。

「おっ、カレンたちじゃないか？」

アルスたちの席から〈雄牛の巨人〉の入口がよく見える。

続々と入ってくる人々の顔には見覚えがあった。なにより彼らが背負っている紋章は百合《ゆり》の花であり、それは〝ヴィルートギルド〟の所属を示す証明でもあった。

「本当だな。それにしても……どうしてあそこまで装備がボロボロになっているのか」

昼食を食べ終えたシオンは食後の一服中で幸せそうな顔でお茶を飲んでいた。

「強力な魔物でもでたのかもしれないな」

アルスはシオンに返答しながら、入口を眺め続けていれば、見慣れた紅髪の少女が〈雄牛の巨人〉に入ってくるのが見えた。その背後からは銀髪と青髪の女性二人もいるのが確認できた。

「怪我人《けがにん》はいるみたいだが、誰一人欠けることなく〝魔都〟に辿り着いたみたいだな」

と、アルスが言った時、紅髪の少女カレンと目が合った。すると、彼女は近くにいたユリアと一言、二言話すと一緒にこちらに向かって歩いてくる。

「いやー……お疲れ様、二人とも元気そうで良かったわ」

「アルスたちは怪我とかしてませんか？」

アルスたちの所まで辿り着いたカレンとユリアは言葉を紡ぎながら席に座った。

「ああ、お疲れ様。オレは怪我とかはないよ。シオンもな」

「無事で本当に良かったです」

「ユリアも怪我はないか？」

「はい。疲れはしましたけど、怪我はありませんよ」

アルスとユリアが会話をしている隣で、カレンは店員を呼んで色々と注文していた。

「お姉様は何か食べる？」

「いえ、私は飲み物だけで大丈夫です」

「了解。なら、以上でお願いするわ」

『かしこまりました。少々お待ちください』

店員が去って行くのを横目に、アルスは気になっていたことを聞く。

「それでエルザはどうしたんだ？　もしかして怪我でもしているのか？」

カレンたちと一緒に〈雄牛の巨人〉に入ってきた所は見たので、無事は確認できているが、この場に来なかったのでアルスは疑問に思っていたのだ。

「いえ、無事よ。シューラーたちの部屋割りを任せただけだから、そろそろ来るんじゃない？」

カレンがそう言った時、アルスの視界の端に青髪の女性が現れた。

相変わらずの無表情で彼女は現れる。ユリアたちと違って表情に疲労を滲《にじ》ませていないが、その足取りは軽やかとは言い難く、エルザもまた疲れているようだった。

「アルスさん、シオンさん怪我がないようで安心しました」

彼女たちのほうが疲れているはずだ。なのに、いの一番に他人の無事を確認する三人の優しさに触れて、アルスとシオンは顔を見合わせると苦笑した。

そんな二人の気持ちをつゆ知らず、ユリアが小首を傾《かし》げながら尋ねてくる。

「それでアルスはいつ頃、到着したんですか？」

「二日前ぐらいかな。だから勝負はオレの勝ちだな」

アルスが勝ち誇った顔で言えば、三人とも驚いた表情を浮かべる。

「シオン……どうしてそんな無茶してんのよ。なんのためについていったの？　こういう暴走を止めるためでしょ？」

「二人とも本当に怪我はなかったんですよね？　隠していたりしません？　やっぱり私もついていけばよかったです」

「きっと色々と期待を持たせるようなことをアルスさんに言われたんでしょうね。わたしも経験があるのでわかります。きっと魔物の返り血を浴びても頑張ったのでしょう。シオンさんわたしはあなたの味方ですよ」

カレンは呆《あき》れたように、ユリアは心配そうな視線を向けていたが、エルザだけは何かを思い出すように愁いを帯びた視線をシオンに向けていた。

「……あ、ありがとう。色々あったけど、なんとか生き残ることができた」

戸惑うシオンは頬を引き攣《つ》らせる。

できなかった。

三者三様の反応をどう受け取っていいのかわからず、戸惑いながら礼を述べることしか

「まあ、元気みたいだから良いけどさ。それで二人は街を見回ったの？」

店員から珈琲《コーヒー》を受け取ったカレンは一度口をつけてからアルスに目を向けてきた。

「いや、カレンたちが来るのを待ってたんだ。せっかくなら皆で見て回りたかったから

な」

「へぇ～、あたしたちを待ってくれてたんだ。アルスにしちゃ気が利いてるし、良いとこ

ろあるじゃないの」

嬉《うれ》しそうにカレンが口元を綻ばせる。

そんな二人のやり取りを見ていたシオンは、自分から狙いが逸《そ》れたことからホッとした

表情を浮かべて、お腹《なか》でも空《す》いたのかエルザの飲み物と一緒に色々と注文をしていた。

「でも、今日はやめておいたほうがよさそうだな」

カレンたちの表情を見れば疲労が溜まっているのが見て取れた。

いつも無表情なエルザも少しばかり目力が弱まっているし、常に微笑《ほほえ》みを絶やさないユ

リアの顔にも色濃い影が生まれている。

三人の反応を見る限り、今回の遠征は結構な無茶をしたのかもしれない。

「明日から見て回ろう。みんな疲れてるみたいだしな」

「そうしてもらえると助かるわ。本当に今日はもうどこにも行きたくないもの」

椅子の背もたれに体重を預けたカレンは、大きな溜息《ためいき》を吐《つ》きながら天井を見上げた。

「そんなに大変だったのか？」

「ん～、大変なのは大変だったわよ。今まで中域を狩り場にしてたのに高域に移動したんだからね。でも、大変なのは覚悟してたんだけど、違う方向で大変だったのが問題なのよねぇ」

「うん？」

全く要領を得ない言葉に首を傾げるアルスだったが、

「それがさ、聞いてよ」

カレンが詳しく説明してくれたおかげで段々と理解できてきた。

高域の魔物は強いことは強かったが、あらかじめ調べていたおかげで予想の範疇《はんちゅう》をでないほどだったらしい。しかし、魔物の強さは想定内だったが魔物が異常発生していたとのことだった。

「確かに高域は魔物が群れで活動してるんだけど、どう考えても事前に調べていたよりも数が多すぎなのよね。しかも、高域に入った途端に二度も奇襲を受けたりしたのよ」

「そっちは大変だったみたいだな。こっちは特におかしな点はなかったけど」

「アルス……あなたねぇ、場所こそ違ったと思うけど、そっちも絶対に魔物の数がおかしかったはずよ、あたしたちの所だけ多いってことはないはずだもの」

「そう言われても数なんて気にしてなかったからな」

アルスには身に覚えがなかった。だから、同行者であったシオンに問いかける。

「シオンはどうだ？　何か気になることでもあったか？」

机の上には先ほどシオンたちが注文した品物が並べられており、そのうちの一つのパスタを食べていた手を止めて、シオンは口に含んでいた物を一気に飲み込んだ。

「気になる点しかなかったぞ。高域の魔物は群れで活動するが、その数は十を必ず下回る。でも、〝魔都〟に来るまでの道中で発生した魔物の群れは常に二十以上はいた」

と、説明していたシオンだったが、途中で急にさめざめと泣き始めた。

「うっ、思い出したら涙がでてきた。ぐうぅ……そんな異常な状況だったのにアルスは関係ないとばかりにいつもと一緒で突っ込んでいったんだッ。途中で色んな魔物の肉を集め始めたりもするし、本当に大変だった」

シオンは辛《つら》い日々を思い出したようで、唇を噛《か》み締めると机を思いっきり叩《たた》いた。

その拍子に食器類が音を立てて鳴り響いたことで店内にいた客の注目を浴びる。

それでも彼女の言葉は止まらない。涙を流しながら感情が口から溢《あふ》れ出していた。

「しかも、だ！　アタシは嫌だと断ったのに魔物を押しつけてくるんだ！　これ以上は無理だと言っても、何度も、何度も！　死だって覚悟したんだぞ!?　でもな、アルスの魔力が配給されてるせいで、身体《からだ》は休息を欲しているのに体力は全く減らないんだ。地獄だったよ。眠たいのに眠れないような、そんな感じの状態で魔物を狩りながら走り続けた……休憩だって数えるほどしかなかったッ！」

感情のままに言葉を吐き出したシオンは、机に両手をつくと椅子から立ち上がって肩を上下させていた。だが、すぐさま自身が注目を浴びていることに気づいたのか、慌てた様子で周囲に頭を何度も下げる。

「あっ、す、すまん……感情が昂《たか》ぶったようだ」

シオンは気まずそうに何度も謝罪をしてから椅子に座り直した。

ここは冒険者が泊まる宿に併設しているレストラン兼酒場だ。

騒がしいのは別段珍しいものじゃないので、いつもの喧噪《けんそう》が戻ってくると客たちの好奇心に満ちた視線はなくなっていた。

それを確かめたシオンは一度だけ深呼吸すると改めて口を開く。

「ふぅ……つまりだな。アルスにとっては楽しい楽しい狩りだったわけだ」

アルスにとって多少、魔物の数が増えようが関係ない。

彼にとって魔物が増減しようとも、ちょっと歯応えがあるな程度の違いである。

なのでいつもと変わらず嬉々《きき》として魔物の群れに突っ込んでは押しつけてくるのだ。

精神はすり切れて、身体の節々が悲鳴をあげていたが、体力だけはアルスのおかげで無尽蔵だったので、シオンは途中から拷問を受けている気分になっていたのを思い出す。

「……何とか五体満足で魔都に辿《たど》り着いた時は、ようやく終わったと安堵《あんど》したものだ」

シオンの言葉に皆が納得の表情を浮かべて、同情の視線を彼女に送っていた。

「でも、そんなに倒したなら素材とか結構無駄にしてそうね」

「オレとシオンは空間系のギフト持ちじゃないからな。魔石だけは出来る限り回収したけど素材は珍しそうな物以外は拾わなかった」

「あとアルスが勝負に勝つために速度を落とさなかったから、空間系のギフト持ちがいてもいなくても変わらなかったと、付け加えておこう」

アルスがカレンに説明すれば、シオンが恨めしそうに補足する。

「ん～、話を聞いてる限りアルスのギルド設立は前途多難ね。まずは【土】とか創造系のギフト持ちと、次に【収納】とか空間系のギフトを持ってる人を勧誘しなきゃいけないんだけど……アルスの狩りについていこうと思ったら最低でも第六位階以上が必要になるでしょうね。そのレベルだとほとんどが大手のギルドに入っているから引き抜きは無理だし、無所属がいたとしても退廃地区の住民みたいな後ろめたいことをしてる連中ぐらいしか残ってなさそう」

「気長に見つけるとするさ。そもそも、まだギルドを作るかどうか決めてないからな」

現状、ギルドが必要な状況には陥っていない。

なぜか周りがギルドを設立する前提で動いているが別段急ぐ必要性はないのだ。

そもそもアルスはまだ第四位階、魔王に挑戦できる第二位階まで後二つも階級を上げなければいけない。そこに到達できるまでどれほどの時間と実績が必要なのか不明であることから、今は特に考える時間ではないとアルスは気楽に思っていた。

「その辺りもアタシに任せておいてくれたらいい。アルスがギルドを作る気になった時のために準備だけはしておくさ」

食事を終えたシオンが胸を張って言った。

普段あまり頼られることがないせいか、ギルドの話に関しては彼女は積極的だ。元二十四理事《ケリュケイオン》に列していたこともあって普通なら頼りになるのだろう。でも、残念なことに口の周りがソースで汚れている今の彼女からは、威厳なんてものは微塵《みじん》たりとも感じられなかった。

「シオンさんなら大丈夫でしょう……それよりユリア様、大丈夫ですか？」

会話が途切れるのを見計らって口を開いたのはエルザだ。

彼女の視線は隣にいるユリアに向けられている。

アルスたちも釣られて目を向ければ、ユリアは今にも寝てしまいそうな感じで頭を上下に揺らしていた。

無事に〝魔都〟へ辿り着いて気が抜けたことで、旅の疲れが一気に襲ってきたのかもしれない。

「お姉様が限界みたいだし、部屋に戻って休みましょうか」

苦笑と共にカレンが告げれば、ユリアが目を擦《こす》りながら申し訳なさそうな表情を浮かべた。

「申し訳ありません。自分でも知らぬ内に少し疲れていたようです」

「無理もありません。最近のユリア様はお忙しかったですからね。今日はゆっくり休んでください」

優しい口調でエルザが言えば、お姉ちゃん大好きな妹のカレンも大きく頷《うなず》いた。

「そうよ。今回の遠征で怪我人《けがにん》が少なかったのもお姉様のおかげだしね」

姉の話ができるのが嬉しいのか、興奮した様子でカレンは語り出す。

「異常発生した魔物が四方八方から襲い掛かってきたりもしたのよ。陣形が崩れかけたりすればお姉様がフォローに入ってくれたり、大量の魔物を一手に引き受けてくれたおかげで何とか危機を乗り越えたの」

ユリアならどんな状況に陥ろうとも対処するのは難しいことではないだろう。

稀代《きたい》ギフト【光】の魔法を用いれば彼女に触れることができる存在はいない。

魔導師が相手であってもどう攻略すればいいのかわからないデタラメな存在がユリアである。そんな彼女を魔物程度が大量に群れたからといって、どうこうできるとは思えなかった。

「さすがユリアだ。着々と実力をつけてるみたいだな」

数ヶ月前にユリアが苦戦した帝国五剣のアルベルトと、今戦ったとしたら万が一にも負けることはないだろう。

なぜなら、前よりも存在感が——、

（いや、魔力が増えているのか……ここ数ヶ月で急激に彼女は強くなった）

ある日を境に魔力が増えるような現象にアルスは身に覚えがあった。

自分もかつて辿り着いたことがあったからだ。

（それにオレがグリムと戦っていた時に、ユリアの魔力が膨れ上がるのを感じたからな）

アルスの考えた通りだとするとユリアもまた、かつての自分と同じように一つの試練を乗り越えたのだろう。

それはユリアを取り巻く状況と今後のことを思えば喜ばしいことだ。

実際のところどうなのか、聞きたい気持ちがないと言えば嘘《うそ》だが、彼女から語らないのであればアルスから問いただすようなことはしない。

ユリアと初めて出会った日——あの星に満ちた夜空を見上げながら誓ったからだ。

世界を敵に回しても味方で在り続けると、彼女もまた同じように宣言したのである。

ならば、彼女が明かしてくるのを待つというのが道理というものだ。

そもそも魔導師というものは簡単に自分の秘密を打ち明けないものである。

魔導師であるなら相手に答えを求めてはならない。

魔導師なら暴《あば》いて、知悉《ちしつ》して、造詣を得るのだ。

「いえ、この程度で疲れている私なんてまだまだですよ。もっと強くならないと守りたい者を守れません」

謙遜するユリアは笑みを浮かべようとして失敗する。

さすがにこれ以上は限界のようで、もうすぐユリアの意識が落ちそうだ。

「そろそろ解散しましょうか」

カレンが代表して言えば否定する者は誰もいなかった。

各々が席を立ち上がるが、ユリアは夢と現実の狭間《はざま》を彷徨《さまよ》っているようで身体を揺らすだけだ。

「仕方ありませんね。カレン様、反対側を持っていただけますか？」

と、言いながらエルザがユリアの右腕を首に乗せた。

カレンも手伝おうとしたが、それよりも早くアルスがユリアたちに近づく。

「仕方ないな。オレが部屋まで送っていこう」

アルスは自然にユリアに歩み寄ると、右腕を彼女の肩に回してから、左腕を太股《ふともも》の下に差し入れて抱え上げた。

「ふぇ!?」

夢の世界に旅立ちそうだったユリアから喫驚の声が漏れた。

いきなりの浮遊感に驚いたのだろうが、それ以上に自身を襲った現状が信じられないのか今までで一番目を見開いている。

「エルザ、ユリアの部屋はどこだ?」

カレンとシオンは驚いた表情を浮かべて硬直していたので、アルスは相変わらず無表情だったエルザに声をかけた。

「こちらです。というよりも、我々は同室ですよ」

「あっ、やっぱりそうなのか?」

「えっ、あの、もう目が覚めたので降ろしてください!」

エルザの案内に従って歩み始めたアルスの腕の中でユリアが顔を真っ赤にして首だけを必死に動かす。抱きかかえられているせいで自由に動けないのだ。

「気にするな。さっきまで夢うつつだっただろ。せっかく抱えたんだから甘えておけ」

笑みを浮かべながら爽やかにアルスが言えば、周囲から囃《はや》し立てるような声や口笛が鳴り響いてきた。

アルスが横目に見れば昼間から酒を飲み始めた魔導師たちの姿があった。

他にも見覚えのある姿――いつからいたのか〝ヴィルートギルド〟のシューラーたちが

ニヤニヤとした顔つきで見ていたのだ。

　そんな彼らの冷やかしを背に受けながら、アルスたちは併設されたレストラン兼酒場を抜けて宿屋の階段を昇る。その頃にはユリアは羞恥心で顔を真っ赤にしてアルスの胸に顔を埋《うず》めていた。

「アルスさんは……わたしでもそうして抱えてくれましたか？」

　前を歩いていたエルザが呟《つぶや》くも――、

「い、いえ、おかしなことを言いました。忘れてください」

　頬が朱に染まった顔を隠すように明後日《あさって》の方向を見ながらエルザの歩みが速くなる。

　そんな彼女の背中を追いかけながらアルスは首を傾《かし》げた。

「エルザでも同じことをしたぞ？」

「うっ、あっ……そ、そろそろ部屋に着きますよ」

　アルスにはっきりと告げられたことで、珍しくもエルザの無表情が崩れて語調が乱れてしまう。そんな彼女に追い打ちをかけるようにアルスは口撃を仕掛けていく。

「もしかして、エルザも疲れてたのか？」

「えっ、あっ、それは……そうですね。疲れてはいます」

　どう言うべきか迷っていたようだが正直にエルザは告げてきた。

「そうか、なら、ユリアを寝かせたら、エルザの相手をするとしよう」

「えっ？」

思わずといった様子でエルザが足を止めて振り返ってくる。

目の前には部屋の扉があったが、エルザはドアノブに手をかける寸前で硬直してしまっていた。

「同室だから遠慮しなくていいぞ。飛びっきりのマッサージをしてやるよ」

下心を感じさせない。それはもう無邪気な笑顔だ。

そこにはエルザのことを想《おも》う優しい気持ちで染まった満面の笑みがある。

「い、いえ……それは……」

戸惑うエルザと純朴なアルス、その間に挟まるポンコツになった銀髪娘。

更にその背後には、黙って二人のやり取りを見ているカレンとシオンがいた。

「あらあら……エルザにしては珍しく墓穴を掘ったわねぇ。ちょっとお姉様が羨ましくなったんでしょうけど、あのアルスにあんなこと言ったら何倍にもなって返ってくるに決まってんじゃないの」

「確かに彼女らしくない凡ミスだが……今回の遠征では離れて行動していたからな。アルスの常識が世間一般とは違うことを忘れていたのかもしれない」

「えぇ……ありえないでしょ。だって、あのマッサージという名のムッツリスケベな常識を植え付けたのってエルザじゃないの。忘れることなんてありえるの？」

「ありえたんだろうな。見ろ、エルザの顔を。いつもと同じ無表情のように見えるが、よくよく観察すれば口元が緩んでいる。あれは少し嬉《うれ》しいのかもしれない」

　好き勝手に言う二人だったが、彼女たちの視線の先では物事が動き始めていた。

「オレのマッサージって成長してるみたいでな。一昨日に疲労から珍しく食欲を失ったシオンに施術したんだが、次の日にはいつものように食事ができるぐらい元気になったんだぞ」

「そ、そうですか……ですが、わたしは自然回復で――」

「遠慮しなくてもいいさ。それよりも、いつまでも廊下で立ってたら他の客にも迷惑だし、早くユリアを寝かせてやろう」

「うっ、わかりました」

　アルスに常識を言われて反論もできずにエルザは諦めるように扉を開けた。

　もはや、逃げることは敵《かな》わない。

　エルザは達観したような表情を浮かべると、アルスを部屋の中に入るように促した。

「ですが、ユリア様を先にしてくれませんか？　きっとアルスさんのマッサージを一番に求めているのはユリア様だと思うんです」

　全てを道連れにする覚悟ができたようである。

「エルザは大丈夫なのか？　さっきは疲れたって言ってただろ？」

「いえ、主より先に施術を受けることなどできません。ですから、カレン様も同じようにお願いします。同室なんですから問題ないでしょう」

「はぁ!?」

呑気《のんき》な顔をして部屋のベッドに寝転んでいたカレンだったが飛び起きた。

「意味わかんない。あたしは他の部屋で休むから――って、離しなさいよ!?」

「カレン様、諦めてください。一緒に飛び立ちましょう?」

「い、いやよ!?」

騒ぐ二人を他所《よそ》にアルスはシオンに目を向けた。

「そういうわけらしいから、ユリアの服を脱がすのを手伝ってくれ」

「わかった」

シオンが拒否することはない。

余計なことを言えば自分の身に災難が降りかかるかもしれないからだ。

「えっ、ま、待ってください!」

ベッドに降ろされたユリアはようやく正気に戻ったが、その頃にはシオンに両腕を押さえられていたので既に遅かった。

「せ、せめてお風呂に！　お願いします！　せめて汚れを落とさせて!?」

ユリアは懇願するが、アルスは優しい微笑を浮かべていた。

「大丈夫だ。マッサージした後にオレが風呂まで運んで洗ってやる」

「うぅぁっ！」

迫り来るアルスの両手を拒むこともできず、ユリアは受け入れるしかなかった。

＊

〝失われた大地〟——高域三十六区。

夜の森、静寂の中で風が葉を揺らして、木々は囁《ささや》くように音を奏でる。

夜行生物の声が遠くから運ばれてきて、夜空には虫の合唱が鳴り響いた。

そんな穏やかな世界は、唐突に物々しい足音によって掻《か》き消される。

『退《ひ》け！　退け！』

『足止めとか考えんな！　変な気を起こすんじゃねえぞ！』

乱暴な声が辺りに響き渡る。

やがて闇を突き抜けて草陰から飛び出してきたのは、ボロボロの装備を纏《まと》った集団だった。

『くそっ、どれだけ助かった!?　ちゃんと皆ついてきてるのか!?』

『馬鹿野郎！　振り返るんじゃねぇよ！　死にてぇのか！』

『こうもバラバラになったら安否確認なんてできないわよ。とりあえず今は自分だけが助かることを考えなさい！』

男も女も関係ない。その口から飛び出すのは罵詈雑言《ばりぞうごん》であった。

それでも仲間の心配が先行している辺りがギルドに所属する者の現れでもある。

彼らが背負うケープにはギルドの証《あかし》が刺繍《ししゅう》されていた。

穴熊が巣穴に戻る瞬間を描いた可愛《かわい》らしい紋章である。

〝ブロウバジャーギルド〟。

〝数字持ち《ナンバーズ》〟ではないが上位に位置している有力ギルドの一つだ。

「止まっちゃ駄目よ！　本当に振り向くのも禁止だかんね！」

そんな彼らを率いるのは双子の姉妹だ。

とある紅髪の少女が率いるギルドと友好関係を築いていたりもする。

地面を跳ねるように走り続けている彼女には特徴的な部分が存在した。

それは頭につけた大きなゴーグルであり、人間にしては小柄なドワーフの少女だ。

「もう最悪よッ！　馬鹿、馬鹿、馬鹿ァ！　うわぁん！」

そんな悪態を吐《つ》くドワーフ娘の名はシギである。

足下が急に爆《は》ぜたが、軽々と彼女は避《よ》けていく。

「ちょっとぉ!?　ふざけんなっ!?」

シギの逃走経路を潰すかのように、地面が爆ぜるも彼女は避け続けた。

「ははっ、ざまぁみろ！　その程度じゃウチは止められないのよっ！」

挑発するように背後を振り返れば魔物の大群が追いかけてきていた。

闇夜にあっても爛々《らんらん》と輝く魔物の双眸《そうぼう》が宙にいくつも浮いている。

シギは恐怖を飲み込むように喉を鳴らした。

その時だ。シギと同じ大きさの物体が魔物の群れから飛んできた。

「ひゃあ!?」

少しばかり場違いな可愛らしい悲鳴をあげながらもシギは上手《うま》く避けた。

そんな走り続ける彼女よりも前に、先ほど飛んできた物体が転がり続けている。

やがて、それは四足歩行から二足歩行へと切り替わるとシギと併走してきた。

「シギちゃん、シギちゃん、お姉ちゃんもう駄目かも」

泥と埃《ほこり》にまみれたシギの姉レギだった。

転がったときに土でも食べたのか、ぺっぺっと可愛らしく舌をだして吐き続けている。

それでも、さすがと言うべきか、彼女の特徴でもあるお気に入りの帽子だけは汚れなど一切ついていなかった。

「お姉ちゃん、なんで、そんなボロボロになってんのよ!?」

「あの魔物の大群を少しでも足止めできないかと思ったんだけど……足を止めたら簡単に

吹き飛ばされちゃった」

「なにしてんのよ。死んだらどうすんの!? お姉ちゃんのあんぽんたん！」

「でも、このままじゃシューラーたちが追いつかれるもん。お姉ちゃん目の前で仲間を失うのは嫌だったんだもん」

「うむぅ……とりあえず、今はアレをどうにかしなきゃ」

「はぁい」

「もうっ、あとで説教するからね」

シギは気の抜けた姉の返事に頬を膨らませる。

しかし、シューラーたちを想う姉の気持ちも理解できるので、無茶をしたことについては後でしっかりと追及することにした。それに姉に指摘されて気づいたが、前を走るシューラーたちの動きが鈍くなってきているのも確かだった。

これでは背後から迫る魔物の群れに追いつかれるのも時間の問題だろう。

どうするべきか、シギは思案に耽《ふけ》ろうとしたが、唐突に響き渡った遠吠《とおぼ》えに反応した。

「ちっ、来るわよ！ お姉ちゃん！」

「わかってる！」

二人が得物を構えて周囲を警戒すると同時に前方で爆発音が響き渡った。

空から雨のように砂の嵐が降り注ぐと、シギはゴーグルで視界を確保する。

「お姉ちゃん、大丈夫!?」

「う、うん。でも、前とか見えないかも、皆は大丈夫かな!?」

「わかんないけど……まずは、この砂埃《すなぼこり》をどうにかするわね」

シギは腰に提げた袋から一つの魔石を取り出す。

緑色に染まった綺麗《きれい》な魔石を一度強く握り締めてから地面に叩《たた》きつけた。

「〝風嵐《アイオロス》〟」

シギを中心に強い風が吹き荒れる。

視界を奪っていた砂埃が空に吸い上げられるように消えていった。

その先では雲の陰から地上の様子を窺《うかが》う月が見えている。

開けた視界の中で、月夜に浮かび上がったのは地面に倒れる無数の人影であった。

「みんな!?」

呻《うめ》く仲間たちを見て駆け寄ろうとするレギの腕をシギは掴《つか》んだ。

「お姉ちゃん、待って!」

暗闇の中、月明かりの下に、巨大な白い山があった。

満天の星々よりも、美しい白毛が月光を反射して輝き、王者の風格を備えている。

その正体は自然界の頂点――白狼《フェンリル》だ。

鋭い牙を覗《のぞ》かせて、まるで笑みを浮かべているかのように口が大きく裂けていた。

だが、奇妙なことに攻撃してくる様子がない。

先ほどまで追いかけてきていた魔物の群れも白狼《フェンリル》に気圧《けお》されるように止まっている。

奇妙な静寂が漂う中で最初に動いたのはシギだった。

「よくわかんないけど大丈夫そう……お姉ちゃん、今のうちにシューラーたちを逃がすわよ」

「う、うん」

二人は協力してシューラーたちを起こしていく。

『レーラー……申し訳ありません』

「しっ、今は黙って逃げなさい」

先ほどから白狼《フェンリル》の視線が背中から外れることがない。

だからシギは常に緊張を強いられていた。

何が目的なのかわからないが、逃げる時間をくれると言うなら活用するだけだ。

「怪我人《けがにん》は協力して皆で運びなさい」

と、シギが言った時、白狼《フェンリル》が咆吼《ほうこう》をあげた。

至近距離での音波攻撃にシギたちは慌てて両耳を塞いだ。

「はっ、そんな気がしてたから準備はできてたわよ！」

ずっと違和感が拭えなかった。

なぜ攻撃してこなかったのか、なぜ様子を窺っていたのか、なぜ魔物たちを近寄らせなかったのか。

ただただ遊んでいたのだ。

欠伸《あくび》をしながら白狼《フェンリル》は尻尾を振った。

だが、それだけで驚異的な攻撃となる。

シギは腰に提げた袋から紅《あか》い魔石を取り出した。

「はぁ、せっかくカレンに無理を言って〝付与〟したのに！」

文句を言いながら白狼《フェンリル》に向けて紅い魔石を投げつける。

「〝炎壁《ファイアフォール》〟」

突如として目の前で舞い上がった炎に白狼《フェンリル》の尻尾は狙いを逸《そ》れて見当違いの方向——魔物の群れを吹き飛ばして、凄《すさ》まじい風圧が発生することで炎の壁もまた一瞬にして消え去ってしまう。

「さあ、少しで悪いけど時間は稼いだわよ！」

白狼《フェンリル》を睨《にら》みつけながらシギは背後のシューラーたちに叫んだ。

「お姉ちゃん！　準備は⁉」

「できてる！」

「よし！　みんな聞きなさい！　ここはお姉ちゃんとウチが何とかするから、あんたたちは怪我人を連れて逃げなさい！」

『で、ですが！』

「いいから早く行けってのよ！　白狼《フェンリル》がその気になったら皆殺しにされるわよ！」

『す、すぐに助けを呼んできます！』

「はいはい！　期待して待ってるから、本当に早く行きなさいってば！」

背後に慌ただしい気配を感じながら、シギは手提げ袋に両手を突っ込んだ。

「もう全力でいくわよ」

再び現れたシギの両手には様々な色がついた魔石があった。

隣に並び立つレギは様々な形状の武器を地面に突き刺していた。

「それじゃ、いっくわよ！」

魔石を投げたシギはすぐさま魔法名を唱える。

「〝落雷《スパーク》〟、〝風刃《リルトス》〟、〝炎槍《ハシエル》〟、〝炎弾《ファイア》〟、〝氷雨《グラウコス》〟」

凄まじい爆音を轟《とどろ》かせながら次々と魔石に付与された魔法が発動していく。

やがて白狼《フェンリル》の巨体が砂煙に包まれて消えていった。

だが、すぐさま薙《な》ぎ払うように尻尾が暴れて砂煙は霧散する。

「そう簡単にやられないよね。知ってた！　ほら、お姉ちゃん！」

「う、うん！　い、行きます！」

地面に用意した武器を手に前傾姿勢となったレギが凄まじい速度で白狼《フェンリル》に迫る。

一投目はあっさりと砕けて、一撃目はあっさり折れて、一打目はあっさり避けられた。

武器が壊れたら次の武器を手に持ってレギは攻撃を仕掛けていく。

やがて羽虫を払うかのように、鬱陶しそうに白狼《フェンリル》は軽く尻尾を振った。

白狼《フェンリル》の攻撃をレギは本来の得物である巨大な槌《つち》で受け止めるも、衝撃を殺せずに吹き飛んでいく。そして、地面に勢いよく追突して陥没させる。

常人なら死んでいてもおかしくはない勢いだったが、すぐさま起き上がったレギは自身の頑丈さを示すように砂を吸い込んだ拍子に咳《せ》き込むだけだった。

「お姉ちゃん！　怪我は!?」

「うぇー、また砂を食べちゃっただけ、ちょっとシギちゃん交代して」

「あいあいさー！」

逃げる仲間が追撃されないように、レギとシギは絶え間なく白狼《フェンリル》へ攻撃を仕掛けていく。

それでも効いている様子はなかった。

「うーん、ウチの付与が効かない……特記怪物に通用しないのかな」

「ワタシが造った武器もダメみたい。全部壊されちゃった」

相手が特記怪物とはいえ、自分たちの自信作が何一つ通用しなかった結果にシギは嘆息する。

「出し惜しみせずに全力だしたのになぁ……自信なくしちゃうね」

「で、でも、ちょっとは効いたかも。シギちゃんの攻撃すごかったよ？」

珍しく落ち込む妹をフォローするレギだ。

けれども、長く悩むことがないのがシギのいいところでもあった。

「まっ、仕方ないよね。次、頑張ろう。さてと、皆も逃げることができたし、あとは殺される前に逃げよっか！」

「う、うん。そうだね……でも、どうやって逃げようか？」

切り替えの早い妹に戸惑いつつも、どうやったら白狼《フェンリル》から逃げられるのか皆目見当もつかない。

なぜなら、対峙《たいじ》している今も重圧がもの凄《すご》く、逃がしてくれる気配がなかった。

こちらの攻撃は効いていなかった様子だが、それでもチクチクと鬱陶しい攻撃に晒《さら》されたせいか白狼《フェンリル》の機嫌が悪くなっている。

「お姉ちゃん、一つだけ逃げられるかもって方法はあるんだけど……」

そう言ってからシギが取り出したのは黒と緑が入り乱れた魔石だった。

「珍しい色だね。見たことないけど、その魔石は何のギフトから付与したの？」

魔石に魔法を込めるにはギフト【付与】を持つ魔導師と、魔石に付与したい魔法を所有している魔導師の協力を仰ぐ必要がある。

「アルスよ。耳が良く聞こえるギフトって言うから、何か面白そうだと思って聞いたことがない魔法を魔石に付与したんだけど……なんか物騒な感じだったから使うのを躊躇《ためら》ってたんだ。だから……失敗したらごめんね？」

「えっ……アルスくんの魔法が付与されてるの？」

「そそ、アルスの奴《やつ》がさ。無茶言ってきたじゃない、青銅の短剣を修理してくれって。魔法を付与させてくれたらいいよって言ったら、簡単に了承してきてさ。これが完成したってわけ」

月の明かりを頼りに魔石を空に掲げれば、レギが口元を引き攣《つ》らせた。

「アルスくんかぁ……アルスくんの魔石かぁ……うーん、どうしよう。なんか凄く悪い予感がする」

「お姉ちゃんは気にしすぎよ。まあ、効果はわかんないけど、アルスが言うにはそれなりに強力だって言ってたから、逃げる時間ぐらいは稼げるんじゃないかな」

「うっ、うう、い、いますぐ逃げたいっ」

「それは白狼《フェンリル》から？　それともアルスの魔石から？」

「どっちも！」

正直な姉に苦笑しながらシギは魔石を握り締める。

「そんじゃ、お姉ちゃん走る準備だけしておいて！　投げたらすぐに逃げるから！」

漫才のような会話を繰り返していた二人だが、

「なあに、あんたコレに興味あるわけ？」

白狼《フェンリル》は興味深そうに――シギが握り締める魔石を見つめていた。

そんな白狼《フェンリル》に向かってシギは腕を思いっきり振りかぶる。

「なら、あげるわよ！　アルス、あんたの魔法が頼りなんだからね！」

黒と緑が混ざり合った魔石は放物線を描いて白狼《フェンリル》に向かっていく。

衝突する寸前にシギは呟《つぶや》いた。


「〝死音《デスフリユスタン》〟」


瞬間――世界の空気が変わった。

肌でわかる。突き刺すような風が吹き荒れていた。

時間が、空間が、残響のような音を残して崩壊していく。

それは触れてはいけないものだ。

決して生ある者が望んではいけないものだった。

「……なにあれ」

「えぇ……」

ドワーフの姉妹は天空を見つめて呆然《ぼうぜん》とする。

夜よりも濃い漆黒の魔法陣が空を塗り替えていたからだ。

月の優しい光は届かず、温かみが失われて寒気に襲われる。

ドワーフの姉妹は完全に意識を持っていかれそうになったが、突如として大地が揺れたことで正気を取り戻した。

激しい揺れの原因はすぐに見つかる。

白狼《フエンリル》が黒い魔法陣に向かって咆吼《ほうこう》をあげていた。

世界を震わすほど、黒い魔法陣を砕かんばかりに。

「お、お姉ちゃん！　逃げるよ！」

「う、うん！」

肌を突き刺す重圧が尋常ではない。

早くこの場所から離れろと本能が訴えていた。

レギとシギは自身の限界さえも超えて、恐怖に突き動かされながら足を必死に動かす。

「アルスの奴！　なんて魔法を付与させたのよ！」

あまりの異常事態に思考が追いつかない。

なぜ、白狼《フエンリル》以上の脅威を自身が付与した魔石に感じなければならないのか。

あまりにも理不尽すぎる状況に、泣き叫びたい衝動をシギは必死に堪《こら》えた。

「あぁ……シギちゃん、黒い魔法陣が落ちてきた」

レギが頭上を見上げながら涙目で呟いた。

そんな魔法陣を受け止めるかのように、白狼《フェンリル》が空に向かって跳躍する。

「アルスぅ！　生きて帰ったら絶対に──あっ!?」

シギの声は途切れる。彼女は背中を襲った衝撃によって呼吸さえも忘れてしまう。

世界が灼《や》かれるような光に包まれる中、シギは姉の手だけは決して離さない。

そんな彼女が最後に見たのは、白光と黒光が衝突する瞬間だった。

＊

「あれよね。アルスのマッサージって言葉にできないぐらい卑猥《ひわい》だけど……本当に不思議なことに効果だけは抜群なのはどうしてなのかしら？」

宿屋〈雄牛の巨人〉の扉を開けながら、そう言い放ったのは紅髪の少女カレンだ。

「卑猥ってどういうことだ？　オレはエルザに教えられた通りに施術してるぞ」

アルスが心外だと言わんばかりに眉を顰《ひそ》めれば、カレンは揶揄《からか》うような笑みを浮かべてから隣を歩くエルザの肩を叩《たた》いた。

「だ、そうですよ。エルザさん、そこのところどうなんです？」

「アルスさんの言う通りですよ。わたしがアルスさんに教え込んだマッサージの技術は決して卑猥なものではなく、長年受け継がれてきた由緒正しい施術です。他にも肌や髪に効果的なものもあったりしますが、アルスさんは覚えがよく既に全てを習得されています」

「へぇ〜……そういえばお姉様は昨日、念入りにマッサージされてたわよね」

カレンがユリアを見やる。

「……そうですね。認めたら負けというか……恥ずかしいので、あまり言いたくはありませんが、昨日の疲れが嘘《うそ》のようになくなってるのは間違いありません」

今日はカレンと合流した翌日である。

朝食を食べ終えた一行は、アルスのマッサージのおかげで疲れも残っていなかったので街の散策に乗り出したのだ。

昨日は一番に疲れを見せていたユリアも今では驚くほど元気を取り戻している。

「確かにお姉様の髪や肌の艶がいつもよりすごいような気がしないでもないわね」

「羨ましいなら今日はカレンが全ての施術をしてもらえばいいんじゃないですか？」

「それは遠慮しておくわ。エルザみたいにムッツリスケベになりたくないもの」

「ほう……カレン様はわたしのことをそんな風に見てたんですか？」

先頭を歩いていたエルザが足を止めて振り返れば、カレンは挑発的な笑みを浮かべた。

「あら、それ以外にどう見えるっていうのよ」

「わたしは皆さんのために、この身を使ってマッサージの技術をアルスさんに教えているのです。決して私欲のために教えたわけではありません。感謝されこそすれ文句を言われる筋合いはありません。そもそも、これまで何度もマッサージによって救われてきたでしょう?」

「そうやって恩着せがましい時点で怪しいのよ。正直に欲望に負けましたって言えばいいじゃない」

言い合いながらも、どこか楽しげな雰囲気を漂わせる二人だったが、その間に割って入ったのはシオンだった。

「まあまあ、二人とも落ち着いてほしい。アタシから言わせればどっちもムッツリだ」

火に油を全力で注いできたシオンを二人が睨《にら》みつけるも、本人は全く気にしてないようで笑みを浮かべた。

「それよりも、そこの屋台で串焼きが売ってるんだ。皆で食べようじゃないか、それで仲直りだ」

「……シオン、あなた朝食を摂《と》ったばかりじゃないの。それに串焼きばかりじゃなくて、たまには別のものを食べたらどうなの?」

「全くカレンは何もわかっていないな。串焼きは、安い、早い、美味《うま》い、三拍子揃《そろ》った究極ともいえる料理だぞ。しかも、ここは魔法都市じゃないんだ。魔都だぞ」

「だから、なんだってのよ。串焼きなんてどこで食べても……多少は味が違うかもだけど、そんなに変わんないでしょうよ」

呆《あき》れたようにカレンが嘆息すれば、アルスとユリアが近づいてきた。

「ほら、買ってきたぞ。皆で食べよう」

「シオンさんの分は特別にお肉を大きくしてもらいましたよ」

「さすがユリアだ！　わかっているな！」

シオンが嬉《うれ》しそうに受け取れば、隣ではカレンもまた串焼きをアルスから貰《もら》っていた。

「なんだかんだ言って食べるんじゃないか……」

「そりゃ差し出されたら……食べるしかないじゃないの」

「まったく素直になればいいのに──だから、欲求不満になるんだ」

「はぁ!?　それどういう──ッ!?」

カレンはシオンに詰め寄ろうとしたが、それ以上の怒声によって遮られた。

『だから助けてくれって言ってんだろうが！　てめぇらが呑気《のんき》にしてる間に白狼《フェンリル》がやってくるぞ！』

全身が傷だらけで装備が壊れた男が騒いでいた。

その周りには似たような格好をした泥まみれの男女たちが輪を作っている。

「ビックリしたぁ……あたしに言ったのかと……ホントなんなのよ。なにを騒いでんのかしら？」

「カレン様、彼らをよく見てください」

エルザに言われたカレンが目を細めて注視すれば、彼らが囲んでいるのは街の警備で見回りをしている魔族の男性二人のようだった。

「うっそでしょ。この街で魔族に絡むなんてどこのギルドよ」

魔都は魔族が中心になって運営している街だ。

人類国家圏の者が騒げば、それだけで罰の対象になることもある。

〝失われた大地〟の外では人類が幅を利かせているが、内となれば魔族のほうが立場が強いのだ。

『おい、落ち着け、それ以上騒ぐようならお前たち全員を牢《ろう》にぶち込むぞ！』

『落ち着いていられるかってんだ！　こっちはレーラーがまだ取り残されてるんだよ！』

今にも殴り合いそうな距離で魔族と人間が言い合いを始めた。

「カレン様、違います。彼らの背中にある紋章を見てください」

「背中って……穴熊？」

カレンもよく知っている紋章だ。

なぜなら、穴熊の看板を掲げている店の常連なのだから。

「レギとシギのギルドじゃないの……なんであんな格好で……」

「ここで考えるより直接聞いたほうがよろしいかと、それに早く止めないと捕まってしまいそうです」

「そ、そうね！」

エルザに指摘されたカレンは慌てて彼らに駆け寄っていった。

アルスたちもまた無関係とは言えないのでカレンについていく。

やがて、ボロボロの集団から一人の女性がカレンに気づいたようで小走りで近づいてきた。

『か、カレンさん！　助けてください！』

「あ、アカシア、どうしたの？」

急に腰に飛びついて泣き始めた顔見知りにカレンは戸惑う。

「ほら、泣きやみなさい。ちゃんと説明してくれないと……どう助けたらいいのかわからないじゃないの」

『は、はい！』

「まずはゆっくり深呼吸よ」

カレンから優しく問いかけられて、アカシアは何度も深く呼吸を繰り返す。

その間に魔族と揉《も》めていた連中はエルザが対処していた。

「申し訳ありません。何やら込み入った事情があったようで、今回はどうか見逃して頂けないでしょうか」

『まあ、そちらにも色々と事情があるようだからな。今回は見逃しておこう』

「ありがとうございます」

エルザは会釈すると魔族の警備員を見送った。

それから魔族を取り囲んでいた者たちに鋭い視線を送る。

しかし、エルザから叱責の言葉はでなかった。

先ほどまで威勢良く叫んでいた者たちが、カレンたちを見て安堵《あんど》したのか次々と疲労困《ひろうこん》憊《ぱい》の様子でへたり込んでいったからだ。そんな彼らに対して説教できるはずもなく、エルザは諦観したように無言で目を閉じた。

そんな様子を横目にしたカレンはアカシアに視線を向ける。

「それでアカシア、あなたたちに何があったのよ」

『白狼《フェンリル》がでたんですっ！　更に沢山の魔物まで現れてッ！』

それだけでレギとシギがいない理由も、彼らがここまでボロボロになっていることも、ある程度の事情を察することができた。

『カレンさんたちを危険に晒《さら》す身勝手な願いだとは承知しております。ですが、どうかレーラーたちを救出するのに手を貸して下さいませんか、何卒《なにとぞ》、何卒、よろしくお願い申し上げます』

アカシアが頭を下げる。すると、先ほどまで地面に座り込んでいた者たちも姿勢を正してカレンたちに頭を下げてきた。

「頭をあげなさい。そんなことしなくても二人は必ず助けるわよ」

『で、では!?』

「ええ、レギとシギを迎えにいきましょう」

不安と喜びが入り交じった複雑な表情をするアカシア。そんな彼女の肩に手を置いたカレンは力強く頷《うなず》いた。

友好ギルドだから協力するのも当然のことだが、レギとシギの双子姉妹はカレンにとって大事な友人でもある。

「エルザ、聞いてたわよね？　すぐにうちの子たちを北門に集めてちょうだい」

「かしこまりました」

エルザは踵《きびす》を返すと自分たちが寝泊まりしている宿に向かって駆け出した。

本当なら〝伝達〟魔法が付与された魔石を使いたいところだったが、高域は瘴気《しょうき》の影響で阻害されて、伝達魔法が発動しても言葉が上手《うま》く伝わらないのだ。

「レギとシギのことだから、無茶はせず真《ま》っ直《す》ぐ逃げてくるはずよ」

アカシアだけじゃなく、他の者も安心させるために、少しばかりカレンは声を大きく出した。

「それで、レギたちとはどこで別れたの？」

『三十六区です』

「意外と近いわね。なら、まずは北門で集合してから三十六区を目指しましょうか」

今後の方針を決めたカレンはアルスたちを振り返った。

「一応聞いておくけど、アルスたちはどうする？」

「もちろん、手伝わせてもらう」

「アルスが行くならアタシもいかないとな」

「足手纏《あしでまと》いにならないように頑張りますね」

アルスがいつものように軽く引き受ければ、保護者的な責任感からシオンも追随する。

ユリアも拳を握り締めて気合いを見せていた。

三者三様の反応にカレンは嬉しそうに顔を綻ばせる。

『で、では……私が案内させていただきます！』

アカシアが立ち上がる。気の毒に思うほど、その表情には疲労が色濃く残っていた。

他の者も似たり寄ったりだが、座り込んでいた者たちは続々と立ち上がり始める。

その様子を見たカレンは嘆息する。

正直に言えば彼らは置いて行きたい。どう考えても足手纏いにしかならないからだ。

けれど、今は説得している時間も惜しいことから、カレンは忠告だけすることにした。

「絶対に足手纏いにならないという自信がある者だけついてきなさい」

彼らの気持ちも理解できる。なので、どうするべきかは、自分で判断してもらう。

もちろん、彼らのせいでこちらに被害がでるかもしれない。

ひどいと思われるかもしれないが、その時は遠慮なく見捨てさせてもらう。

それぐらいの覚悟を持っていることが参加する妥協点だった。

「助けに行ってあなたたちが犠牲になったらレギとシギが悲しむんだから、そこはよく考えなさい」

カレンの言葉が効いたのか再び座り込む者が出始める。

その者達《たち》を一瞥《いちべつ》した後、カレンは北門に向けて歩き始めるのだった。

＊

宿屋〈雄牛の巨人〉に併設しているレストラン兼酒場。

朝から酒類の提供はしていないおかげで客層は比較的若い者ばかりだ。

夜は荒々しい連中で溢《あふ》れて喧噪《けんそう》で満ちている酒場も、朝となれば落ち着いた雰囲気を取り戻している。

そんな中、魔王グリムは珈琲《コーヒー》を飲みながら、ゆったりとした時間を過ごしていた。

「こんな落ち着いて珈琲を飲めるなんざ、久しぶりだなァ……」

しみじみと呟《つぶや》き、珈琲を味わいながら深く嘆息する。

最近のグリムは戦いに明け暮れてばかりだった。

道を歩けば襲撃される日々、気の休まる場所は本拠地以外は存在しなかったのだ。

法を無視した攻撃に嫌気が差してきたころ、こうして魔族が住む魔都にやってきた。

〝魔都〟まで来れば、さすがの二十四理事《ケリュケイオン》といえども、子飼いのギルドを使ってグリムに手を出すような愚を犯すことはない。ここで運良く魔王の座を奪えたとしても、女王の怒りを買って敵に回ったら割に合わないからだ。

「はっ、情けねェ話だがな」

グリムは自嘲から鼻を鳴らす。魔族に家族を殺されて憎んでいる自分が、こうして魔都が安全地帯となっているのだから皮肉なものだと思ったからだ。

「グリちゃ～ん、やっぱりここにアルスちゃんが泊まってるみたいだよ」

てってって、と軽い足音を奏でながら走ってくる幼女が笑顔で告げてくる。

断りもなく向かいの席に座るが、グリムが咎《とが》めることはなかった。

やがて店員が持ってきたケーキを口に運びながら幼女は幸せそうな顔をする。

「ご苦労だったな、キリシャ。それにしても、くっくく、やっぱ、ここにいやがったか」

「うんうん、でもね、グリちゃん。ドヤ顔なところ申し訳ないんだけど、魔都で人間が泊まれる宿屋って三軒しかないんだよ。しかも、〈雄牛の巨人〉は他の二軒と違って初めて魔都に訪れるギルドが選ぶ――というより、魔法協会を通して予約できる宿屋だからね」

「……そうかよ」

「ふふんっ、グリちゃん拗《す》ねないの！　そうだ、ケーキ食べる？」

フォークに突き刺したケーキをキリシャは差し出す。

「てめェの食べかけなんざいらねェよ」

「むぅ、キリシャの施しを拒否するなんてグリちゃんは罪深い男だよ」

「それより、アルスの野郎はどこに行きやがったんだ？」

「魔都の観光みたいだよ」

「あいつのことだから白狼《フェンリル》が現れたって聞いて突っ込むかと思ったんだけどな」

「知らないみたいだよ。なんか危なっかしいから教えてないんだってさ」

「なんで、キリシャがそこまで知ってんだよ？」

さっきからキリシャは言葉を詰まらせることなく飄々《ひょうひょう》と答えているが、明らかに身内以外では知らないような情報ばかりだ。

「んと、〝ヴィルートギルド〟のお姉さんたちに教えてもらったんだよ。ついでに飴《あめ》とかいっぱいくれたよ。えと、ほら、舐《な》める？」

キリシャは小さな手に乗せた飴を差し出すが、それを見てグリムは鼻を鳴らした。

「いらねェよ。それにしても相変わらず抜けてる連中だな。いくら見てくれがガキだからって、魔都にいるガキが普通なわけないってのに、ベラベラ情報を喋《しゃべ》りやがって警戒心ってものがねェのかよ」

「ふふんっ、グリちゃん、人間はね、色々と経験して成長していくんだよ。だから、今はそれでいいんじゃないかな」

どこか懐かしむようにキリシャは微笑《ほほえ》む。

幼女に似つかわしくない表情を見たグリムは苦虫を嚙《か》み潰したような顔をする。

「ちっ、そうだな──って言うと思ったかッ！　キリシャのくせに生意気なこと言ってんじゃねェよ」

グリムは椅子から身を乗り出して、反対側にいるキリシャの頭を無造作に撫《な》でた後、突き飛ばすように解放する。

「こら、グリちゃん、女の子の頭は優しく撫でなきゃいけないんだよ！」

「わかったわかった。次から気をつけるわ。だから、フォークを振り回すんじゃねェよ」

グリムが頰に貼りついたクリームを拭いていると、視界の端で店に入ってきた女性を捉えた。特徴的な青髪と、人形のように無表情な顔は忘れようにも忘れられない。

「あっ、エルザちゃんだ」

キリシャも気づいたようで彼女を目で追いかけていた。

やがて、エルザはレストラン兼酒場に入ってくると一人の男の前で立ち止まる。

『エルザさん、どうかしたんですかい？』

「白狼《フェンリル》がでたようです。提携ギルドの〝ブロウバジャーギルド〟から救援要請が来ました」

『わかりやした。すぐに準備しやす。それでどこに集まればよろしいんで？』

「北門です。他の者たちにも伝えなさい。詳細はカレン様と合流してから話します」

『はい、わかりやした！』

「お願いします。では、わたしはカレン様の下に戻ります」

エルザは簡潔に伝えると、すぐに出て行った。

命を受けた男も慌ただしく席から立ち上がると出て行こうとする。

「キリシャ」

「ふぉい？」

ケーキを頬張りながら顔を向けてきたキリシャにグリムは顎を振った。

普通なら意味のわからない仕草だったが、長年の付き合いでグリムのことを知り尽くしているキリシャは正確に読み取った。

「はいはい、聞いてくるねー！」

ぴょんっと椅子から飛び降りたキリシャは先ほどの男を追いかけていった。

　ぬるくなった珈琲を飲みながらグリムはキリシャの帰りを待つ。

　やがて、調子が狂いそうな軽い足音と共に幼女が戻ってきた。

「グリちゃん！　なんか大変なことになってるみたいだよ！」

「へえ、聞かせろ」

　グリムは足を組み直すと顎を振って先を促す。

「カレンちゃんのギルドと提携してるギルドが白狼《フェンリル》に襲われたっぽい」

「はっ、面白いことになってんじゃねェか、それで？」

「急いでるみたいで、今から出発するみたいだよ」

「そうかい、アルスも行ったのか？」

「そこはわかんない！　でも、あの子の性格だと行ってそうだけどね」

　キリシャもそうだが〝マリツィアギルド〟でアルスを知らない者はいない。

　なぜなら、前《さき》の戦いでグリムに勝ったアルスに興味をもった者たちが、彼の素性について徹底的に調べ上げたからだ。その情報がギルドメンバー間で共有されたことで、意外と彼の性格などは知り尽くしていたりする。

「うちの連中はどうしてる？」

「そりゃ決まってるよ～。いつでもいける！」

「はっ、なら、久しぶりに特記怪物三号さんの顔でも拝みに行くとするか」

グリムは珈琲を飲み干すと心底楽しげに唇を歪《ゆが》めた。

そんな彼を見てキリシャも嬉《うれ》しくなったのか両手を突き上げて笑顔を咲かせている。

「はーい！」

グリムが歩き始めれば、キリシャがその背中に飛びかかる。

「おい、急になんだ？」

「グリちゃん。キリシャ、歩くの面倒だから連れてって」

「本当に……てめェは――」

グリムはキリシャを振り落とそうとしたが、すぐさま諦めたように肩を落とした。

「……はぁ、もういい。落ちるんじゃねェぞ」

「はいはーい、グリム号発進！　道を塞ぐ奴《やつ》はぶっ飛ばせ！」

グリムの獅子《しし》のような短髪をぺしぺし叩《たた》きながらキリシャは拳を突き上げる。

「てめェ、ふざけんなら降りろ！」

＊

〝魔都〟の最奥には魔族の繁栄の象徴とも言うべき煌《きら》びやかな宮殿が存在する。

〈美貌宮殿《シェンベルマ》〉とも呼ばれる城郭は、高域から深域にかけて連なる双子山の麓に建てられていた。

険しい自然に囲まれた美しい要害、そんな中で宮殿の優美な白亜の外壁が近隣にある湖と山々の背景と見事に調和している。

〈美貌宮殿《シエンペルマ》〉の外観はまさに幻想的で、真っ白な外壁は太陽光を反射して輝いており、遠くからでも美しさが一目瞭然で、空に向かって聳《そび》え立つ尖塔《せんとう》の壁面には細やかな彫刻や薔《ば》薇《ら》窓が飾られていた。

標高の高い山の麓に建っているため、その位置から壮大な双子山の雄大な景色を楽しむこともでき、周囲に広がる湖や森林の絶景は〈美貌宮殿《シエンペルマ》〉の主である女王が独占していた。

〈美貌宮殿《シエンペルマ》〉の内部に入ると、まず贅沢《ぜいたく》な装飾と美しい絵画が出迎えてくれる。

金箔《きんぱく》の装飾や燭台《しょくだい》は華やかに彩られ、玉座の間は特に職人の技術が結集しており、壮麗で豪華な柱や壁画は見る者全てを魅了する。

その最奥に置かれた玉座に彼女は座っていた。

彼女を挟む形で二本の角を持つ上級魔族たちが左右に立っており、女王の傍らには獅子のような魔物が伏せている。

獅子の頭を撫でながら女王は玉座から配下たちを睥睨《へいげい》していた。

「魔王たちの動きはどうですか」

丁寧な口調ながらも、確かな威厳が備わった声質をしている。

そんな女王の素顔なのだが、実は誰も知らない。

その素顔はフェイスベールに覆われているからだ。

だからと言って女王の気品が失われるわけではない。

フェイスベールは彼女の魅力を引き立てるほど煌びやかで女王に相応《ふさわ》しい装いであったからだ。むしろ彼女の妖艶さを際立たせていると言ってもいいだろう。

『ほとんどの魔王は強制依頼を達成して魔法都市に帰還したようです』

部下の一人がそう報告すれば、女王は思案するように肘掛けを指で数回叩いた。

「……その口振りだと、まだ魔都に魔王が残っていると？」

『第八冠が最近になって魔都を訪れたということです』

「魔王グリムですか……彼の目的は？」

『わかりません。調べたところ依頼を受けているわけでもなく、少数の部下と魔都に入国してからは特に動きも見せておりません』

「そうですか……監視の目を強めておいてください」

『はっ、それと白狼殿《フエンリル》は如何《いかが》なさいますか？　さすがに魔法協会のギルドをこれ以上潰されると国際問題になりかねませんが』

「我々には関係ないことです。そもそも、白狼殿《フエンリル》に意見など言えるわけがありません。それとも、あなたが対話を試みてみますか？」

『……いえ、申し訳ありません。私如《ごと》きが白狼殿《フェンリル》に苦言を呈すなど身の程知らずでした』

「最も古き怪物の一匹です。それなりの敬意を払う必要があります。もし、魔法協会が何か言ってきたら、人間風情が意見を述べるなどおこがましいと、こちらに責任転嫁するなといつでも受けて立つと伝えなさい」

『かしこまりました』

頭を下げる部下から視線を外した女王は窓の外に目をやってから微笑む。

そんな彼女の様子に気づいた先ほどの部下とは違う一人が声をかけてきた。

『女王陛下、何か嬉しい知らせでもありましたか？』

「ついさっき古き友人から連絡がありました」

膝に頭を擦りつけてくる獅子の頭を撫でながら女王は小さく笑う。

「例のギフトを見つけたかもしれません」

瞬間——玉座の間にいた魔族たちが息を呑《の》む気配があった。

元より緊張感が漂う空間だったが、更に引き締まるように静寂が支配する。

やがて、誰かの息が大きく吐き出されることで時間は再び動き始めた。

『な、なるほどっ——白狼殿《フェンリル》が動いたのも……』

『それなら不可解だった行動も理解できる』

『……見つかったのですね』

爆発したかのように魔族たちが口々に己の言葉を吐き出していく。

空気は弛緩《しかん》して先ほどの緊張は霧散する。

様々な反応を見せて騒ぐ彼らを女王は咎《とが》めることはしなかった。

しばらく満足そうに眺めていた女王だったが、急に手を叩いて強制的に意識を切り替えさせる。

「まだ確定したわけではありません。こちらもそろそろ動くとしましょうか」

女王が玉座から立ち上がれば、魔族たちは一斉に片膝をついて頭を垂れた。

その様を当然の如く受け入れた女王は頷《うなず》きをもって応えた。

「最終確認です」

＊

魔法都市――退廃地区。

華やかな世界である歓楽区が表だとすれば、路地裏を抜けた先にある薄汚れた世界の退廃地区は裏である。

廃墟《はいきょ》と見紛《みまが》うような半壊した建物ばかりが並んでいて、住んでいるのは汚れた衣服に身を包んだ者たちばかりだ。彼らの目は生活の厳しさと絶望の中で暗く濁っており、ほとんどの者が手に持つ酒瓶から安らぎを求めていた。

故に空気は腐敗と汚濁に満ちており、排水溝は拭うことのできない悪臭を放ち、ネズミたちがゴミの中でさまよっていた。

一部の特殊な人間にとっては天国のような場所でもあるが、ほとんどの者はあまりの過酷な世界に一日で正気を失い、次の日には文字通り骨も残っていないはずだ。

そんな不法の世界に似つかわしくない建物が存在する。

周りと比べてもあまりにも綺麗《きれい》な木造の小屋は、まるで砂漠の中にあるオアシスのような存在感を放っていた。

普通なら、そんな目立つ存在を退廃地区の住民たちが放っておくはずがない。

けれども、不思議なことに小屋へ近づく者は皆無だった。

そんな奇妙な小屋に住んでいるのはヴェルグというエルフだ。

彼はいつもの位置——応接室にてソファに座りながら優雅に紅茶を飲んでいた。

そんなヴェルグの対面に座るフードを被《かぶ》った人物が口を開く。

「連絡がきました。〝黒き星《フラヴン・アース》〟の下へ〝白狼《フエンリル》〟が導かれているようです」

シェルフという名の性別不詳の人物、その顔はフードに覆われていて確認できない。

けれども、ヴェルグと同じエルフなのは間違いなく、聖天という特殊な肩書きを持つ同僚でもあった。そんな人物の言葉にヴェルグは満足げに微笑《ほほえ》んだ。

「ならば、こちらもそろそろ仕事を始めるとしますか」

ヴェルグは飯櫃《めしびつ》ほどの大きさをした木製の白箱を取り出す。

「聖天の会合も近いので、この箱を持っていこうと思ってましてね」

机の上に置かれた白箱を見て、シェルフが怪訝《けげん》だと言わんばかりに肩を揺らした。

「なんですか、それは？」

「不思議に思うのも仕方がない。ですから、シェルフさんにも確認しておいてもらおうかと思いましてね」

「小生が中を確認してもいいのですか？」

「どうぞ、どうぞ」

ヴェルグが軽い調子で許可をだす。どこか投げやりな態度にも見えるが、白箱を見つめているシェルフは気づかなかったようだ。そんなシェルフは白箱の蓋に手を掛けるも、胸騒ぎでもするのか未《いま》だ開ける気配がない。

「……遠慮なさらなくてもいいんですよ。思い切って開けてください」

ヴェルグにしては珍しく挑発的な口調ではなかった。

もし、この場にユリアやエルザがいたら気味悪く思って顔を歪めたことだろう。

そんな優しく諭すように言われたことで、シェルフは覚悟が決まったのかゆっくりと蓋を開ける。

「…………はっ？」

硬直する。

あまりに衝撃が大きすぎたのか手から蓋が零《こぼ》れ落ちる。

蓋が机に衝突することで大きな音が発生するも、シェルフが喫驚から戻ってくることはなかった。

「大丈夫ですか？」

「あ、えっ、は？」

ヴェルグに声をかけられることで我に返ったようだったが、白箱の中身を見てしまったシェルフは、あまりの衝撃に言葉を上手《うま》く紡ぐことができないようだ。

「そうなるのも無理はありません。私も本当に驚きましたから……」

またも珍しいことにヴェルグは同情的な声をシェルフに投げかけた。

しかし、ヴェルグの態度よりも、シェルフは自身の目の前にあるものが信じられないとばかりに小刻みに震えている。

「…………これは本物ですか？」

「ええ、間違いなく、目の前で目撃しましたからね」

奇妙な物言いをしたヴェルグを怪訝に思ったのか、ようやく白箱からシェルフは視線を外した。

「まさか……これを聖女さまが？」

「他に誰がいるんですか、私では無理ですよ」

肩を竦《すく》めるヴェルグに、シェルフは深い息を吐き出した。

「………それで、聖女さまは一体どうするつもりなんです？」

「全ては〝黒き星《フラヴン・アース》〟のためのようです」

ヴェルグは驚き冷めやらぬシェルフを一瞥《いちべつ》すると紅茶を淹《い》れる準備を始める。

しばらくの間、食器の擦れる音だけが部屋を満たした。

「停滞していた時代を動かすとのことです」

ヴェルグは淹れた紅茶をシェルフに差し出してから、自身の分を用意すると香りを楽しんでから喉を潤した。その様はまるで心を落ち着かせるような仕草だ。

「確かに……否《いや》が応《おう》でも動かざるを得ない」

全身から力を抜いたシェルフは、ソファに深く沈み込んでいく。

「これは世界がひっくり返りますよ」

現実逃避をするように、天井を呆然《ぼうぜん》と見上げるのだった。

数え切れない木々の隙間を縫うようにして走り抜ける影があった。

一つじゃない。

二つ、三つ、四つと次第に影は増えていった。

まるでその身の軽さは獣の如く、大地を駆るその姿は魔物の如く。

〝失われた大地〟——高域三十二区。

とてつもない速度で木々の間を抜けて走るのはカレン率いる〝ヴィルートギルド〟の面々だった。

「本当にこのルートで合ってるんでしょうね!?」

カレンは眼前に現れた魔物を槍《やり》で貫くと、速度を落とさないように地面を蹴って跳ねるようにして再び走りだした。

『は、はい！　レーラーたちが帰還するなら、魔物が少ないこのルートを選ぶはずです』

と、返事をしたのは〝ブロウバジャーギルド〟所属のアカシアである。

彼女の案内に従ってレギとシギが辿《たど》ってくるであろう道を遡っているのだ。

だが、カレンたちにとって想定外なことが起きた。

三十区にある〝魔都〟を出発してから三時間ほど経《た》ったが、カレンたちはまだ三十二区を走り続けている。

本当なら三十四区辺りまで辿り着いていてもおかしくないのだが、立ち塞がる魔物の群れによって思った以上に進めていなかったのだ。

「もう、鬱陶しい！　どうして、こんなに魔物が出現してんのよ!?」

『我々が逃げている時は、これほど魔物は多くなかったのですが……』

「あたしたちが魔都に行く経路でも魔物が異常発生していたけど、それ以上に多いわ」

四方から絶えることなく魔物が迫ってきていた。

アルスやユリアまでいるのに、魔物の数が一向に減る気配がないのである。

それでも皆で力を合わせて着実に前に進んでいるのも確かだ。

けれども、レギやシギのことを思えば、ただただ焦燥だけが募っていく。

レギとシギが白狼《フェンリル》の足止めを始めてから半日以上が経過している。

奇跡的に逃げ切れていたとしても、これほど大量の魔物が発生しているとなると生存できるかどうかはわからない。

ただし、それは凡人や実力のない魔導師であったならの場合だ。

もし、彼女たちが力を持たない、ただの少女だったならカレンも諦めただろうが、レギとシギの実力ならば無事に生き延びることができているはず。

「この状況だと……分散してレギとシギを探索するのも危険すぎるわね」

「そうですね。これほど魔物が溢《あふ》れてしまっている状況で、戦力を分散すれば無駄な犠牲者を増やすだけで意味はないでしょう」

カレンの独り言を拾ったのはエルザだ。

彼女は器用に弓を操って魔物を屠《ほふ》りながらカレンの下にやってくる。

返答は期待していなかったが、せっかく答えてくれたのだからカレンは意見を聞くことにした。

「なら、このまま一点突破で三十三区まで突っ込むほうがいいのかしら？」

「立ち止まっていても仕方ありませんから、そのほうが彼女たちを見つけられる可能性も高まるかと、それに一点突破だとしても我々の突破力は馬鹿にできません。彼女たちが生きているなら合流を早めることができ、生存率を更にあげることができるはずです」

「それしかなさそうね」

カレンは自身の得物を構えると、魔物で埋め尽くされた前方を見据える。

「あたしが道を切り開くからシューラーたちへの指示はエルザに任せたわ」

「アルスさんたちはどうしますか？」

「温存よ、温存。お姉様やシオンもね。ここを上手く殲滅《せんめつ》できたとしても、この先にまだ魔物はいるだろうし、なにより白狼《フェンリル》っていう本命がでてきてないんだもの」

「わかりました。アルスさんたちにはそのように伝えておきます」

「うん。お願いね。あたしは魔法を使ってレギとシギに場所を知らせてみるわ」

カレンのギフト【炎】の魔法は派手なのが多い。

連絡手段がない状況で目印にするには最適なギフトと言えるだろう。

「それは名案ですね。魔物も寄ってきそうですが、レギさんたちと合流することを考えれば最善の方法だと思います」

「なら、行くわよ！」

カレンは前方の魔物を薙《な》ぎ払いながら詠唱を開始する。

「炎粉の散在 紅蓮《ぐれん》廻《まわ》り巡れ 灼《しゃく》鉄《てつ》の腕輪 熱するは赤 冷めれば青 穂先が導く先 焔獄《えんごく》の果て」

カレンは魔力を使い切る覚悟だ。

後にアルスたちが控えているので出し惜しみは必要ないと判断した。

まずはレギとシギを見つけることだけを考えて魔法を唱え終える。

「灼《や》き散れ――〝炎華絶焼《ヘルトニオン》〟」

紅《あか》い魔法陣が天空に現れて、熱波が空間を蒸すと、炎の塊が雨となって魔物に降り注いでいく。

悲鳴か、雄叫《おたけ》びか、判別のつかない鳴き声を発しながら魔物たちは焼滅していく。

すると、視線の先――真《ま》っ直《す》ぐに道が生まれたのを見てカレンは駆け出した。

新たな魔物が道を塞がないように、シューラーたちが牽制《けんせい》を含めて周囲の魔物に攻撃を加えていく。

見事な連携を見せる背後で、エルザもまた声を張り上げてシューラーたちに指示をだしていた。

「一班はそのままカレン様の援護を続けなさい。二班は周囲の警戒、三班は一班が討ち漏らした魔物を討伐――ッ!?」

指示を飛ばしている途中で、横合いから突如として魔物が飛びかかってきた。

しかし、エルザは慌てることなく、矢を弓に番《つが》えている時間がないと知るや、そのまま矢を魔物の喉に突き刺して絶命させる。

それから何もなかったかのように、エルザは先ほどの続きを告げた。

「残りは指示があるまで待機。人命の救助とはいえ気負う必要はありません。いつものように魔法は控えて、撤退時や緊急時のみの使用と厳命します」

シューラーたちはエルザの指示を忠実に守り、カレンが切り開いた道に魔物を一切近寄らせることはなかった。

先ほどまでとは違って、カレンの火力が加わったことで、一行は圧倒的な速度で三十二区を突き進んでいく。

魔物たちも本能でカレンが危険だと悟ったのか、彼女の前に立ち塞がる魔物が明らかに減っている。

その代わり横撃されることが多くなりシューラーたちの負担が増していくのだが、カレンの戦う姿を見て奮起している彼らにとって大して重荷になることはなかった。

「そろそろ、三十三区かしら？」

カレンの視界を遮っていた木々がまばらになってきた。

それは出口が近いことを示している。

〝失われた大地〟は神々と魔帝が残した争いの爪痕——瘴気《しょうき》が色濃く残っている。

そのせいで天候は予測ができず、気温差も激しく、地形もまた先ほどまで雪原だったのが荒野に切り替わったり、景色もまた様変わりするのが〝失われた大地〟の特徴でもあった。

だから、区が変わる瞬間——境界線というものがハッキリと視覚できるのだ。

踏み入れた瞬間に世界が変わるのだから、誰だって区が変わったことを悟れてしまう。

「そうみたいですね」

エルザがカレンの言葉に反応した時に森を抜けたのに気づいた。

目の前に草原が広がっている。

先ほどまで背の高い木々の枝に遮られて太陽の光が心許《こころもと》なかったというのに、空を見上げれば視界を邪魔する物はなく、雲一つない青空が広がっていた。

どんなに〝失われた大地〟を旅していようとも、決して慣れることのない急激な変化。

新たな景色に誰だって一瞬だけ意識を持って行かれる。

その時、皆の表情に宿った感情は様々だ。

苦境を乗り越えたと安堵《あんど》する者、先が不透明な戦闘ばかりで憂鬱そうな者、自身の成長を感じて喜ぶ者など、人命の救助に来たということを一瞬だけとはいえ誰もが忘れていた。

それほど景色が急激に変化したことに感情がついていけないのである。

やがて冷静になってくると、本来の目的を思い出した者たちが周囲を警戒し始めた。

「カレン様、魔力のほうはどうですか？」

「うーん、あとちょっとでスッカラカンかなぁ」

後先考えずに魔法を使い続けたが後悔は一切ない。

ただ魔力が枯渇すると意識を失うので、迷惑をかけないためにも最低限の魔力は残しておかなければならなかった。

「でも、アレを相手にする分だけの魔力は残ってるわよ」

カレンが視線を向けた先では、大量の砂埃《すなぼこり》が空に向かって立ち上っていた。

砂煙の足先には蠢《うごめ》く黒い影が行列を成して――まるで押し寄せる波のように地平線を黒く染め上げながら向かってきている。

「いやいや、やっぱり無理かも、多すぎじゃない？」

距離が縮まるからこそ理解できる。

地平線を埋め尽くす魔物の群れ、その足音は地響きとなって空気を煽《あお》り、距離があると

いうのにカレンたちの鼓膜を激しく揺さぶった。

「そうですね。このまま戦闘に入るのは少々危険かもしれません」

エルザは肩越しに振り返るとシューラーたちの様子を確認した。

先ほどまで戦っていた一班から三班まで集中力が途切れているのに気づいた。

三十三区に到達した達成感と、戦闘が途切れてしまったことで、彼らから緊張感という

ものを奪ってしまったようだった。

「ここからは班を入れ替えましょう。一班は後方に移動、二班は支援に切り替え、三班は

最後列で警戒を、三十二区から魔物がやってくるかもしれません。あと第四班は第一班と

交代して前方から迫り来る魔物に備えなさい。第五班は二班の役割を引き継ぎです。そし

て、新たに第六班を作ります」

と、指示している途中で周囲を見回したエルザは一人の女性に目を向けた。

「ヴァイエルン、前にでてきなさい」

『は、はい！』

「第六班の班長をあなたに任せます。創造系統のギフトを持つ者を集めておきなさい」

『了解しました。その後は如何《いかが》すればいいでしょう？』

「指示があるまで後方待機でお願いします。アルスさんたちがいる場所まで下がりなさい。あとは出来る限り魔力は温存しておくように」

『わかりました！』

なぜ、どうして、そんな疑問はあったがシューラーたちはエルザの指示に黙って従う。それは彼女がこれまで間違った指示をしてこなかったことの証左であり、誰もが彼女の判断を疑うことがなかったからである。

「それとアカシアさん」

最後にエルザは道案内をしてくれていた〝ブロウバジャーギルド〟のアカシアに声をかける。

『なんでしょう？』

「恐らく魔物と戦闘になります。今のあなたたちの状態を考えると魔物と戦うのは非常に危険です。なので、後方で待機しておいてください」

『………わかりました』

納得できないような表情をしていたが、自分たちの状況と立場が理解できているのだろう。アカシアは文句も言わずに頭を下げると〝ブロウバジャーギルド〟のシューラーたちを連れて後方に移動していった。

そんな彼女たちを見送り、全ての指示を出し終えたエルザは弓を構えた。

「カレン様、ここは任せてください。わざわざ魔物が纏《まと》まって来ているのですから、わたしの魔法で一網打尽にします」

「わかったわ」

了承の返事を聞いてからエルザは矢を番えると空に向けて引き絞る。

しかし、いつまで経《た》っても彼女の口からは詠唱が紡がれることはなかった。

「エルザ？　どうしたの？」

構えまで解いてしまったエルザを見て、カレンが怪訝《けげん》そうに尋ねた。

すると、エルザは目を細めながら魔物の群れを凝視している。

「カレン様、魔物の群れですが――その先頭に小さな人影が見えませんか？」

エルザから指摘されたことで、カレンはおでこに手をあてると前方を見据える。

「ん～？」

はっきりとわからないが、小さな人影が魔物の群れから離れて走っているのが見えた。

しかし、〝失われた大地〟の魔物で人型は珍しいものではない。

むしろ人間に化けて油断させて攻撃してくるような危険な生物だって存在する。

しかし、救出対象のことを考えれば、人影の正体もわからない状態で無闇矢鱈《むやみやたら》に攻撃などできるはずもない。そんな特殊な状況下にあるせいか、エルザは見極められず攻撃を断念したようだ。

「えっ……言われてみると……すごく小さいような……でも、影は一つだけだし、足が速い魔物？　いや、もしかして……」

カレンも判別がつかないようで困った顔をすると顎に手をあて唸《うな》り続けている。

「そうです。人影が一つしかないので魔物かと思ったのですが、万が一のことを考えると攻撃を仕掛けることができませんでした」

「レギかシギのどちらか、その可能性を考えたのね」

「はい、わたしの魔法は個々を指定できるほど使い勝手の良いものではありませんから……この距離で使ってしまえば必ず巻き込んでしまいます」

「あたしの魔法もエルザと似たようなものだから、交代なんてできないわよ」

カレンとエルザのギフトは【炎】と【氷】で、どちらも広範囲の殲滅《せんめつ》魔法ばかりだ。

他にも先頭を走る人影と後ろにいる魔物の群れの距離が近いので、確実に巻き込んでしまうことだろう。さすがに友人を丸焦げにしたり、氷の彫刻にしたくはなかった。

「判断ができる距離まで頑張ってもらうしか――」

と、カレンが言った時、空に赤い球が打ち上がった。

「あれは……〝炎弾《ファイア》〟？」

カレンがシギに協力して魔石に魔法を付与したのだからよく知っている。

なぜ空へ魔法を放ったのか、最初こそカレンは疑問に思ったが徐々に理解できた。

きっと仲間だと知らせているのだろう。

そして、早く助けろと要求していることもよくわかった。

「知性ある魔物による罠《わな》という可能性もなくはありません」

エルザの言葉にカレンは苦笑する。

「あの人影がレギかシギのどちらかわかんないけど、わざと片方を生かしながら逃がすことで、あたしたちを誘《おび》き寄せてるって言いたいのかしら？　さすがにないって言いたいけど……〝失われた大地〟だとそんな魔物がいてもおかしくないわよね」

「いえ、考えすぎですね。それだと、もはや、魔物ではなく魔族でしょう」

「そうそう。それにさ、そういうのは罠だった時に考えましょう。今はどうやって助けるかよ」

一番の不安が払拭されたのは重畳だが、あまりにも距離がありすぎて助けたくても助けられない。

「もう少しだけ、魔物の群れから離れていてくれたら気にせず攻撃できたんだけどね。仕方ないから、こっちからも距離を詰めて合流しましょう」

「かしこまりました。巻き込まない範囲まで近づいたら魔法を行使します」

「うん。あたしだと熱波で火傷《やけど》負わせそうだから任せるわね」

「あの人影が、レギさんかシギさんかわかりませんが……合流した後はカレン様の魔法で魔物たちの掃討をお願いします」

「りょーかい、それじゃ助けに行きましょうか！」

カレンが人影に向かって駆け出せば、シューラーたちも追いかけてくる。

両者の距離は見る見る内に縮まっていく。

やがて、エルザが土埃《つちぼこり》をあげながら足を止めた。

「魔法を放ちます」

天空に向かって三本の矢が放たれて、放物線を描きながら飛んでいった。

矢は適度な距離を保ちながら人影の向こう側——魔物たちの群れの中に消えていく。

「〝氷結《カルトヘルツ》〟」

魔法名を唱えた瞬間——矢が消えた場所から白い煙が立ち上る。

人影を追いかける魔物の群れの速度が目に見えて落ちていく。

しかし、エルザは手応えの感慨に耽《ふけ》ることはなかった。

すぐさま地面を蹴ってカレンに追いつくと口を開く。

「カレン様、あとはお任せします」

「ええ、人影がシギってことも確定できたから……後は任せてちょうだい」

人影の表情こそわからないが、背格好などは遠目に見ても判別できた。

あの頭につけている大きなゴーグルはシギの特徴でもある。

カレンはレギの姿がないことに不安を抱くも、まずはシギの救出を優先する。

勢いよく走り出したカレンは、得物である槍《やり》を背負うように構えた。

そして、魔法を使用してもシギを巻き込まない程度の距離まで詰める。

目測で問題ないと判断してから、カレンは大量の土を巻き上げながら動きを停止、その勢いを利用して腰を思いっきり捻《ひね》りあげると槍を投擲《とうてき》した。

空気を切り裂いて真っ直《す》ぐ――凄《すさ》まじい音を発しながら槍は飛んでいく。

シギの横を勢いよく通り過ぎた時に、カレンは口を大きく開いた。

「〝炎壁《ファイアフォール》〟！」

詠唱破棄して唱えられた魔法は、大地に紅《あか》い魔法陣を描くと瞬時に発動。

地面が爆発、次いで巨大な炎柱が空を突いて魔物たちが焼滅していく。

炎の壁がシギと魔物との間に立ち塞がった。

「うっ、ひゃあ!?」

爆風に煽られたシギがカレンの足下まで転がってくる。

更にもう一つ――驚くことにその傍らにはレギの姿もあった。

シギに背負われていたのだろう。そのせいで人影が一つに見えていたようだ。

「ちょっと！　カレン！　あんた、ウチを殺すつもりだったでしょ!?」

シギがぴょんぴょん跳ねながら抗議してくる。その拍子に服についた軽い汚れが空気に混じって霧散していく。

最悪の想定もしていただけに、思っていた以上に元気な様子だったのでカレンは拍子抜けする。

「そんなつもりはないわよ。ちゃんと火傷しない距離だと思って魔法を使ったもの。ただ爆風までは計算にいれてなかったけどね」

「ありがと！　そこは感謝してあげる！　でも、もうこの服は捨てなきゃいけないよ」

お気に入りだったのに、と最後に付け加えたシギは口を尖《とが》らせた。

さっきまで魔物の群れに追われていた人物とは思えない。

余計な心配をかけないように、元気に振る舞っている可能性も否めないが、如何《いか》にせよ、カレンは苦笑を浮かべるしかなかった。

「服の心配ができるほどシギが元気そうで良かったわ」

「まぁねぇ～、怪我《けが》らしい怪我はないかな。服だけは修繕できないほど大怪我だけどね」

「それでレギのほうは大丈夫なの？　シギが背負ってたみたいだけど……」

隣でうつ伏せで寝転んだまま動かないレギをカレンは見下ろす。

「あぁ～、気にしなくていいよ」

と、ひらひらと片手を振りながらシギは言った。

あまりにも無体な扱いをされたせいか、抗議するようにレギが起き上がる。

「うぇ～、また土食べちゃったよぉ。シギちゃん運ぶの下手すぎ」

レギは不満そうな声をあげながら、服の汚れを手で叩《たた》いて落とし始める。

そんな姉の姿を見てシギは眉を顰《ひそ》めた。

「ちょっと、お姉ちゃん、足を挫《くじ》いて立てないほど痛いんじゃなかったの？」

「あっ、そうだった！　お姉ちゃん忘れてたよ。右の足首を捻ったみたいで痛いの」

「あっ、て何よ。それ絶対痛くないでしょ。そもそも、左足だったと思うんだけど？」

「……シギちゃん、細かいこと気にしちゃいけないよ。せっかく助かったんだから喜ばないとね！」

「いやいや、細かくねぇわ！　お姉ちゃんが走ってくれてたら、もっと楽に逃げられたはずなんだけど⁉　命の危険を感じる必要もなかったんだよ⁉」

「お姉ちゃんを守ってくれるシギちゃん格好良かったよ！」

「ふふんっ、もっと褒めてくれてもいいのよ。ウチは称賛を素直に受け止める主義だからね。お姉ちゃんは感謝しなさいよね」

「うんうん。さすが、シギちゃん、よっ、天才付与魔導師！」

「うへへ……そんな本当のこと言われても嬉《うれ》しくないわよっ」

二人のやり取りを見ながら、相変わらず緊張感の欠片《かけら》もないとカレンは呆《あき》れる。

「カレン様、確かに二人のやりとりは可愛《かわい》らしいですが……今は眺めている余裕はありませんよ?」

エルザに言われてカレンは現状を思い出した。

前線に視線をやれば、〝炎壁《ファイアフォール》〟の勢いが弱まって魔物が突き破ってくる姿があった。

しかし、エルザの指示を受けた第四班が既に壁を作って待ち受けている。

その背後では五班以降が不測の事態に備えて待機していた。

カレンの魔法で大多数の魔物が炎壁《ファイアフォール》の向こう側にいるため、突き抜けてこれた魔物程度ではシューラーたちの防御網を突破することはできないだろう。

「カレン様の魔法のおかげで今なら退くのも難しくありません。まずは第六班に護衛をつけて先に三十二区へ戻しましょう」

「もしかして、第六班に拠点を作らせるの?」

「はい、時間もないので簡易式ではありますが……魔物に衝突されてもある程度は耐えられるような壁を作るように指示します。よろしいですか?」

「ええ、そのあたりは頼んでおくわ」

頷《うなず》いてからカレンは首を傾《かし》げた。

「もしかして、このときのために第六班を創造系統ギフトで固めて編成しておいたの?」

「そうですね。撤退時には必要になると思いましたので」

「見事な判断ね。無駄のない指示、さすがエルザだわ」

カレンが称賛を送るとエルザは顔を背けた。

白い肌が若干赤くなっているのは褒められたことで照れているのだろう。

「では、時間もありませんので指示をしてきます」

照れを隠すようにエルザが離れていく。

「ヴァイエルン。こちらに来なさい。第六班にしてもらいたいことがあります」

エルザが指示をだしている間、手持ち無沙汰になったカレンはドワーフの双子姉妹に聞きたいことを思い出していた。

「そうそう、レギかシギに聞きたいことがあるんだけど」

「えっ、なーに？」

シューラーから貰《もら》った水をがぶ飲みしていたシギは首を傾げる。

その隣では彼女の姉レギが妹とは違って静かに喉を鳴らして水を飲んでいた。

どちらも小動物みたいで可愛らしい。

思わず抱きしめたい衝動に駆られるもカレンは必死に堪《こら》えた。

「うぅー……美味《おい》しい、美味しいよぉ。まだ口の中ジャリジャリするけど美味しい。

あぁー……こんな綺麗《きれい》な空がまた見られて幸せだよぉ」

レギは恍惚《こうこつ》の表情で空を見上げてブツブツ言い始めたので、カレンは彼女から聞くことは諦めてシギだけに視線を向けた。

「白狼《フェンリル》の姿がないのも気になるけど……まずは、どういった状況だったのか教えてもらってもいい？」

　カレンは前線を一瞥《いちべつ》する。

　前線が崩れるようなことがあれば援護する必要があったのだが、未《いま》だ炎壁《ファイアフォール》の影響が残っているせいかカレンたちがいなくても十分に戦えている様子だった。

　今の所は魔物の群れは対処できている。なら、それよりも問題になるのが白狼《フェンリル》だ。

　見渡しの良い平原で魔物の群れは確認できたが、白狼《フェンリル》の巨体は見つけられなかった。

「状況って言われても説明できるほど、自分自身が理解できてないんだよね」

　肩を竦《すく》めたシギは困ったように苦い表情を浮かべる。

　魔物の群れが現れると同時に、いきなり目の前に白狼《フェンリル》は現れたのだと。

　あとはもう逃げることだけしか考えなかった。

　その詳細を教えろと言われても、白狼《フェンリル》が出現したから逃げた。

　それ以上もそれ以下もない説明しかできない。

「ああ、でも、白狼《フェンリル》が〝魔物行進《モンスターパレード》〟を引き起こしたのは間違いないよ。なんか遊んでる感じだったから、魔物をこちら側に追い立ててるんじゃないかな」

「ああ、やっぱり？　最近の高域は魔物が異常に発生していると思ったのよね」

カレンが同意するように頷けば、シギが下唇を突き出した。

「本当に災難だったよ。魔法を付与した魔石は全部使っちゃったからね。だから今回の遠征は大赤字……はぁ……」

「シギちゃん、大丈夫だよ。無事に帰れたら、お姉ちゃん頑張って武器いっぱい造るからね……それにシギちゃんが付与したら売れること間違いなし」

「お姉ちゃんは根暗のくせして楽天家ねぇ……普通は逆だと思うんだけど、まあ、一緒にいると気が楽になって良いわ」

「お姉ちゃん頑張るよ。あ、すいませーん、お水飽きたので他の飲み物くださいー?」

レギは今の状況を忘れてしまったのか、まるで喫茶店にいるかのように振る舞う。近くで周囲を警戒していた者がカレンに視線を向けてくる。そんなシューラーの視線から明らかに困惑が見て取れてしまった。

「レギ、休憩はしばらく後にしなさい。まだ安心できる状況じゃないのよ」

「……カレンちゃんは相変わらずお姉ちゃんに厳しいね。死線を乗り越えてきたんだから少しは甘やかしてくれたっていいのにぃ」

「あんたたち二人を甘やかしたら碌《ろく》な事にならないもの」

口を尖らせて抗議してくるレギの頭を無造作に撫《な》でながらカレンは苦笑する。

すると背後から慌ただしい音が聞こえてきた。

『レーラー！』

ドワーフの双子姉妹に駆け寄ったのは人間の女性――〝ブロウバジャーギルド〟のアカシアである。彼女は二人に飛びつくと両腕で抱き寄せて涙を流し始めた。

『け、怪我はありませんか？　どこか痛い箇所があれば言ってください！』

「アカシア、なんでここにいるのよ。逃げたんじゃなかったの？　あと、大丈夫だから離れて、苦しいから！」

「シギちゃんが守ってくれたから、怪我とかはないよ～。それにしてもアカちゃんは相変わらず心配性だね」

シギが苦笑しながら、レギは少しばかり可笑《おか》しそうに笑いながら対応する。

そんな感動の再会を見ていたカレンだったが、一つの疑問に辿《たど》り着いた。

「あれ……アカシアは後方で待機してるんじゃなかったかしら？」

「わたしが連れてきました」

声が聞こえた方向に目を向ければエルザが立っていた。

「疲労も溜《た》まってるだろうから後で再会してほしかったんだけど……」

「申し訳ありません。心配されていたので、二人が無事であることを伝えたら止める間もなく走り出したのです」

彼女の後ろにはアルスやユリアがいた。

「それなら仕方ないけど……アルスたちまで来たのね。あれ、シオンはどうしたの？」

最近だとアルスがいる場所には必ずシオンがいた。

恋をして乙女になったとか、あまりにも心配で過保護になったとかではなく、アルスに従属化したことで、定期的な魔力の供給が必要なことから離れられなくなったのだ。

「シオンさんなら魔力も十分にあるとのことで第六班の護衛を任せました。アルスさんたちは緊急時に備えて後方から前線に移動してもらうことにしました」

「そう、理解したわ。なら、そろそろ魔物を倒しながら退きましょうか」

カレンはエルザに頷くと、未だにアカシアに抱きしめられている双子を見た。

「レギ、シギ、あなたたちはアカシアと一緒に早く退きなさい」

「りょーかいって言いたいところだけどさ。〝魔物行進《モンスターパレード》〟はどうするの？」

「今三十二区で拠点を造らせてるから、そこで一時的にやり過ごそうと思ってるわ」

「その後はどうするの？」

シギの視線を受けてカレンもまた、どうするのか首を傾げながらエルザを見た。

「カレン様はギルドを率いるレーラーなのですから覚えておいてくださらないと……」

エルザは呆れたように嘆息する。

「えっ、説明受けてたっけ？」

「何度かお話ししましたが……状況が状況だったので聞こえてなかったかもしれませんね」

「レギとシギを助けないとって焦ってたから、ちょっと真面目に聞いてなかったかも」

「でしたら――」

改めてカレンに説明しようとしたエルザだったが、近づいてくるシューラーの姿を認めると口を閉じた。

『エルザさん、カレン様の炎壁《ファイアフォール》が消えて魔物たちが一斉に動き始めました』

「わかりました」

「ごめんね。あたしたちが長々と話してたせいね」

と、カレンが謝罪するもエルザは首を横に振る。

「わかっていましたので問題ありません。それに三十二区へ退くためにも準備を整える必要もありましたので謝罪は必要ありませんよ」

冷たい無表情からはわかりにくいが、エルザはとても優しい女性である。

どんなにこちらが悪かろうとも、決して責めることはせず、優しく諭してくれるのだ。

「うーん、相変わらずエルザさんは優しいわねぇ。うちにくれない？」

のほほんと言ったのはシギである。

「駄目よ！　エルザがいなくなったらあたし何もできないわ！」

「……それ胸を張って言うことじゃないわよ」

カレンが堂々と情けないことを口にすれば、呆れたようにシギはジト目を向ける。

そんな二人の間に割って入るようにエルザは手を叩《たた》いた。

「そこまで、です。本当に時間がありませんから、あとは退きながら喋《しゃべ》ってください」

「そ、そうね。まずは三十二区まで急いで退きましょう。レギとシギは、あたしたちに後は任せてアカシアと先に向かってちょうだい」

「ウチも一緒に戦うわよ」

「うんうん。まだまだ元気いっぱいだからね。お姉ちゃん頑張る」

シギが言えば、レギもまた怠惰の塊らしくない発言をした。

ドワーフという種族は頑固だ。一度言い出したら曲げることなく貫き通す。

レギとシギもその例に漏れない。否——普通よりもその血は濃いかもしれない。

カレンは長い付き合いなことから嫌というほど理解させられている。

なので、そういう時は同じギルドに所属している者に対処を任せるべきだ。

カレンは双子のドワーフ姉妹に引っ付いて——頬ずりしてる女性を睨《にら》みつけた。

「ちょっとアカシア、あんたのとこのレーラーが無茶言ってるんだけど、シューラーなら止めなさいよ」

『レーラーたちが決めたことなら従います。ご心配は無用です。いざというときは、このアカシアが身を以《もっ》て壁となり土へと還《かえ》りましょう』

双子のドワーフ姉妹は〝ブロウバジャーギルド〟ではアイドル扱いされている。

確かに愛らしい見た目をしているが、それにしては異常ともいえる熱狂的な信者――シューラーを沢山抱えているギルドだ。

それでよくアイドル二人を囮《おとり》にして逃げたものだと思うが、彼女たちの中でドワーフ姉妹という存在は極めに極めている。なので、その言葉は神に等しい福音のため逆らうことはできないのである。

つまり、カレンの目の前にいるアカシアもまた熱狂的信者――その教祖みたいなものなので、ドワーフ姉妹に死ねと言われれば喜んで死地に向かうはずだ。

そういった経緯で誰もが彼女たちを甘やかしてしまうため、カレンとしては先ほどのように少しばかり厳しい態度を取らざるを得なかった。

「仕方ないわね。とりあえず、無茶だけはしないようにね」

「このシギちゃんにまっかせなさいな！」

自身の得物であるモーニングスターを、シギはいつでも戦えるとばかりに構える。

体格も相俟《あいま》って子供が背伸びしているようで微笑《ほほえ》ましさが勝っていた。

思わず、ほっこりとするような光景だったが、唐突にシギは悪い笑みを浮かべる。

「ふふんっ、お姉ちゃん、聞いて、聞いて、カレンのギルドを利用して何とか大赤字の補塡をするの。しかも、〝魔物行進《モンスターパレード》〟なんて最高のものが目の前にあるものね。手っ取り早く資金回収できるわ。こそこそっと魔物の素材を回収しながら退きましょう。これを見逃したらドワーフなんてやめなきゃいけないわよ」

「シギちゃん、シギちゃん、声が大きいし、あまりの本音にお姉ちゃんドン引きだよ」

『ふふっ、可愛《かわい》らしいです。さすが、レーラー、隙の無いあざと可愛さです』

「まあ、この三人は好きにさせておいて動きましょうか……相手するのも疲れてきたわ」

緊張感のない漫才双子姉妹は置いといて、カレンは周囲を見回すと違和感に気づく。

だが、その小さな変化は今のところカレンだけ知っているようだ。

エルザはいつものように無表情で変わらず、姉のユリアは興味深そうにドワーフ姉妹を眺めており、シューラーたちは戦う準備を整えながら落ち着きを見せている。

「──あれ、アルスは？」

そう、違和感の正体──一番の問題児が見当たらなかった。

さっきから喋ることがなかったから気づかなかったのだ。

いつもより大人しいな……ぐらいに思っていたら、いつの間にか消えてしまっていた。

どこへ行ったのか、慌ててカレンが視線を巡らせれば──、

「うっそでしょ」

簡単に見つかった。カレンの視線の先、たった一人で大地を駆ける黒衣の少年がいた。

既に魔物の群れの先頭と接触しそうなほどだ。カレンたちとかなりの距離があいてしまっているが、それでもあれがアルスだということが瞬時に理解できた。

そもそも、あんな何百、何千、何万という数の魔物が溢《あふ》れる地平線に向けて駆け出すなんて無謀な突撃はアルスにしかできないだろう。

これを恐れていたのだ。

だからエルザとカレンはアルスの暴走を懸念して、前線から外して温存と理由をつけて後方へ置いていたのだ。しかし、今回はさすがにアルスの力が必要と思ったのか、エルザが再び前線まで連れてきてしまった。

その結果がこれだ。

そもそも、レギとシギと合流できた今、ここからは撤退戦となる。

なのに、なぜ魔物の群れに突っ込むのか意味がわからない。

普通は迫る魔物をあしらいながら、三十二区で拠点を造っている第六班と合流するのが目標なのである。

「待って、待って、アルス！　本格的に戦う必要はないのよ!?」

届かないと思いながらもカレンは叫ぶ。

大地を駆けるアルスの背中からは嬉々《きき》とした感情だけが伝わってきた。

あれはもう駄目だ。止まらないから放置するしかない。

「エルザ！　もうアルスを利用するしかないわ！」

「わかりましたが……アルスさんはどうするんです？」

さすがのエルザも無表情の中に動揺の色を見せて心配そうな表情を浮かべていた。

相変わらずアルスに甘い彼女のことだから、判断力を鈍らせて援護に向かいたいとでも思っているのだろう。だが、自制心が働いているおかげで動くことはない。

なので、カレンが今一番止めるべきなのは愛《いと》しいお姉様であった。

「お姉様！　行かせないわよ！」

アルスのほうに身体《からだ》を向けていたユリアにカレンは飛びかかった。

「カレン！　は、離してください！　アルスが一人であんなところへ行ったんですよ。あれではすぐに魔物に取り囲まれて……このまま助けなければ死んでしまいます！」

「だからってお姉様まで行くのは駄目よ！」

「うわぁ……ちょっと二人とも、言い合ってないでちゃんと見たら？」

気づけばシギが二人の間に挟まっていた。

もみ合う彼女たちを止めようとしたのだが、いかんせんドワーフは小人族とも言われる種族だ。身長の差というものは覆すことができず、体格も違うシギは二人の間で挟まれて何もできなかった。

しかし、美人姉妹に挟まれたシギは、良い匂いしてるわねぇ。と言いながら二人の視線を指で誘導する。

「あいつは本当に規格外っていうか、滅茶苦茶《めちゃくちゃ》すぎて言葉がでてこないけど、相変わらず

「……すっごいわね。あんな大量の魔物が空を飛ぶの初めてみたわ」

シギが示した先では黒い影――アルスが踊るように暴れ回っていた。

彼が右を向けば何十という魔物が吹き飛び、左を向けば視界を埋め尽くす魔物が斬り刻まれたのか大量に木っ端微塵《こっぱみじん》となった。

魔法を駆使しながら短剣で切り裂き、止まることなく魔物たちを蹂躙《じゅうりん》している様は圧巻の一言に尽きる。

普通なら死んでもおかしくはない状況で、嬉々とした表情で魔物を屠る《ほふ》姿は、まるで神話の英雄が顕現したかのような勇ましさを感じてしまう。

だから、誰もが呆気《あっけ》にとられるのは仕方がなかった。

だから、誰もが見惚《みと》れてしまうのは仕方がなかった。

だから、誰もが敬畏を抱いてしまうのは仕方がなかった。

それは世界の頂点に立つことができる者にだけ許された特権だ。

頂点に辿《たど》り着いた者だけが魅せることができる光景であった。

「はぁ……だからこそ白狼《フェンリル》が現れた時のために温存しておきたかったんだけどなぁ」

カレンは嘆息する。

白狼《フェンリル》が現れた時に対処できる人物は限られている。

相手は特記怪物と呼ばれる人類が討伐できなかった特殊個体だ。

その力は神に匹敵すると言われ、千年前に存在した魔帝と同等の力を持つと言われているのが特記怪物三号〝白狼《フェンリル》〟なのである。

さすがのカレンもそんな怪物を相手にできない。

爪の一撃すら受け止めきれずに殺されてしまうことだろう。

しかし、そんな怪物に唯一対抗できるとしたらアルスぐらいなものだ。

もしかしたら、もう一人だけ白狼《フェンリル》に対抗できそうな人物はいるが……怪物を相手に実力を試すなんて自殺行為そのものなので出来るはずもない。

「とりあえず、アルスのおかげで足止め要員はそれほど必要なくなったわね」

「はい。わたしとカレン様だけでよろしいかと思います」

カレンの発言にエルザが付け加える。

「えっ、ウチらも戦うよ？」

シギが抗議するもエルザは首を横に振る。

「まだまだ戦いは続きます。まずは三十二区へ移動、それから拠点で戦うのが上策です。それにそのほうが魔物の素材も回収しやすいですし、ここは体力を温存しておくのが吉なのではないですか？」

「むっ、そう言われてみればそうかも」

顎に手を当て数秒ほど悩んだ後にシギは再び顔をあげる。

「よし、お姉ちゃん、アカシア、カレンたちに任せて三十二区まで突っ走るわよ！」

「えぇ〜……また走るの？　アカちゃん背負って運んでくれる？」

『は、はい！　どうぞ、この背中は今日に至るまでレギ様のために鍛えてきました！』

エルザの説得でシギが走り出すと、レギを背負ったアカシアも後を追いかけていった。

「ホント現金な娘よねぇ……」

普通なら怒りを覚えてもいい状況ではあったが、見た目の愛らしさのせいで怒りよりも微笑ましさが先行してしまう。どんなにひいき目に見ても駄々をこねる子供にしか見えない。だからこそ、ギルドでもアイドルのような扱いを受けているのだろうし、アカシアのように大勢に甘やかされた結果、誕生したのがあの二人というわけだ。

「あれであたしより年上だってんだから世も末よね」

「レギさんは甘やかされるのが好きみたいですが、シギさんのほうは少し嫌がっている可能性はありそうです」

カレンよりも年上なのだから、レギやシギの精神年齢も年相応だろう。

しかし、何事も面倒なことを嫌がる怠惰なレギと違って、シギは周りから頼られるお姉さんのように振る舞いたがっている。言動の節々からそういった願望みたいなのが覗《のぞ》き見えていたりするのだが、残念なことに見た目がそうはさせてくれない。

「前なんて八歳くらいの男の子に飴玉《あめだま》を渡されて告白されてたわよ。将来結婚してやるよってね。さすがに怒ったら大人げないと思ったのか、顔を引き攣《つ》らせながら受け取ってたけど」

「それはたまに見る光景ですね。中身はアレですが見た目は愛らしいですから……あとは転移門を潜《くぐ》ろうとしたら、他の冒険者にお母さんと一緒に行きなさいって止められたりするそうです」

「好き放題できそうな見た目の割りに自由が利かないから大変よね」

アルスが討ち漏らした魔物を屠りながら、カレンたちは全速力で離れていくシギたちの背中を追いかける。

「魔物はアルスに任せっぱなしでいいとして、前を見ればシギたちが騒ぎながら逃げてるし……今って大変な状況のはずなんだけど、いまいち緊張感に欠けるわね」

「これもわたしたちらしいのではないですか？」

相変わらずの無表情でエルザが告げる。

けれども、彼女の口元には微笑が浮かび上がっていた。

＊

〝失われた大地〟高域三十四区で白狼《フェンリル》は欠伸《あくび》をかみ殺していた。

暇そうに前方を見つめながら、時折、その鋭い目を細めては湿った鼻をヒクつかせている。そんな巨軀《きょく》の狼《おおかみ》に近づく人物がいた。

フードに顔が覆われているせいで口元しか見えない。

そんな謎の人物に白狼《フェンリル》は慌てた様子を見せることはなく、鼻を何度かヒクつかせると納得したのか元の位置に頭を戻した。

「白狼《フェンリル》殿、また会いに来てあげましたよ」

「つい先日会ったはずだが……女王というのは暇なのか？」

「ここ百年で魔都も落ち着きましたからね。さしたる問題というものがありません。今は部下たちが判断できない案件があれば動く、という程度の忙しさです」

「なるほど、我と同じというわけだな」

「白狼《フェンリル》殿はそれ以上に動かないじゃないですか、急に動き出すものですから天変地異の前触れとか、世界中で話題になっていますよ」

「天災か、言い得て妙だな」

鼻筋を歪《ゆが》めた白狼《フェンリル》は楽しげに喉を鳴らす。それから荒々しく鼻息を吐き出した。

「それで、世間話をしにきたわけではあるまい。我に何の用だ」

「なにをしていらっしゃるのか気になりまして来ました」

「ふむ……前と変わらん。例のギフトとやらを見つけ出そうとしているところだ」

「このような場所で、ですか？」

女王が周囲を見渡せば、大量の魔物の骸《むくろ》が転がっていた。

どれも討伐難易度Ｌｖ．８以上の領域主だ。

凡人の冒険者にとっては脅威となるが、古代より生きる白狼《フェンリル》にとって赤子に等しいものなのだろう。しかし、魔物の遺体に囲まれた白狼《フェンリル》というのは、女王にとってあまり見たくないのか言葉には嫌悪感が滲《にじ》んでいた。

「あまり趣味が良いとは言えませんが……白狼殿《フェンリル》はここで何をなさるのですか？」

「貴様と我の目的は同じだ。ならば、わかるはずだが……答えが必要か？」

「例のギフトを見つけるという目的は同じですが、その手段が少しばかりこちらの予想とは違ったものですから混乱しています。今はどういった状況なのですか？」

「ふふっ、何事も多様性があってこそ面白いのだ。女王が予想していた手段を用いたとしても楽しくなければ意味がない。こうして長く生きているとな。ますますそう思うことが増えた」

「そうですか……では、今は白狼殿《フェンリル》が楽しんでいる最中だということですか？」

「いくつか潰した名も知らぬギルドもそうだ。様々な趣向を凝らして追い詰めた。誰も彼もが同じではない表情で死んでいく様は見ていて飽きることはなかったな」

「それで魔物の死体に囲まれているのも趣向の一環ということでよろしいのですか？」

「もちろんだ。高域は群れる魔物が多い。その長《おさ》を殺せば魔物たちは支配から解き放たれて暴走する。やがて秩序を失った群れは他の群れと合流しながら爆発的に増えていく」

「そして〝魔物行進《モンスターパレード》〟となり、あなたを楽しませるということですね」

「それだけじゃない。〝魔物行進《モンスターパレード》〟を引き起こせば様々なギルドが巻き込まれる。狙いである目的のギフトをあぶり出すのも難しくはないと判断したのだ」

「ですが、〝魔物行進《モンスターパレード》〟は三十三区――今は三十二区まで迫ろうとしています。三十一区を越えれば魔都ですが……もしかして、我々とも敵対するつもりですか？」

「面白い冗談だ。まさか、あの程度で魔都が潰れるとは思わんし、〝魔物行進《モンスターパレード》〟は必ず三十一区で止めるつもりだ。我の目的はギフトを炙《あぶ》り出すことにあるのだから、女王に喧嘩《けんか》を売るつもりはない」

「やけに自信があるようですね。何を企《たくら》んでいるのですか？」

女王の指摘に白狼《フェンリル》は楽しげに喉を震わせると口を開いた。

「目的のギフトは人類が所持しているのは間違いない。だから優秀な魔導師が集うであろう魔法都市のギルドだけを狙って襲撃していたのは知っているな」

「ええ、情報ではそちらのほうが可能性は高いということでしたので……――ああ、なるほど、だからですか？」

「やっと気づいたか……」

荒々しい鼻息を吐き出してから白狼《フェンリル》は口を歪めた。

「つまり、最初から魔法都市のギルドだけを狙っていたのは、今発生している〝魔物行進《モンスターパレード》〟の責任をとらせるために、ですか?」

「そうだ。数百年ぶりに山から下りてきた我が魔法都市のギルドだけを狙えば、世界中が何か機嫌を損ねることをしたのだと思い込むはずだ。それに加えて〝魔物行進《モンスターパレード》〟が発生して、それが魔都に迫ればどうなると思う?」

「魔都を巻き込めば責任が追及されるかもしれない。だから三十一区以降で足止めするはずですか……あとは救援要請を無視しても魔法都市が悪いと責任を押しつければ問題はないということですね」

「そうだ。一応は貴様の立場にも配慮してやったのだから感謝しろ。あとは魔法都市にいる例のギフトを炙り出すには丁度良かった。おかげで目的に近づくことができた」

「もしかして、見つけたのですか?」

「いや、まだ見つけてはいないが――恐らく知人らしい者は発見した」

「ほう……それはまたどうして知人だと気づいたのですか?」

「そいつは【付与】のギフトを持っていたらしくてな」

「まさか……」

「そうだ。我から逃げるために魔石を使用したのだ」

興奮した様子で白狼《フェンリル》は尻尾を地面に叩《たた》きつければ、砂埃《すなぼこり》が激しく立ち上った。

「――黒き魔法陣を我の目でしかと見たぞ」

「素晴らしい。さすが白狼《フェンリル》殿ですね。それでその人物はどうしたのです？」

女王は称賛の言葉を送りながら、その声は弾んでおり興奮している様子だった。

「せっかく縁のある者を見つけたのだ。殺すには惜しいから逃がした。もしかしたら連中を助けにくるかもしれないからな。だから、あとは死なない程度に魔物の群れをけしかけている」

「……そうでしたか、今の状況も含めて色々と納得できました」

女王が納得したところで白狼《フェンリル》は四肢に力を込めると立ち上がった。

ただそれだけで圧倒されてしまう。

森がざわめき、木々は揺れて、草花は散る。

その威圧は、友人だとしても恐ろしいほどの緊張感を強いてくるほど強烈だった。

それも当然のことだ。

過去には特記怪物の中で最も強いと讃《たた》えられ、神に等しいとさえ言わしめた。

かつては神を堕《お》とし、幾人もの魔王を屠《ほふ》った最古の怪物。

六大怪物〝白狼《フェンリル》〟。

偉大なる古狼《ころう》の堂々とした姿に女王は自然と頭を下げていた。

「行かれるのですか？」

「ああ、そろそろ有象無象が集まり始めた頃だろう。そこに目的のギフトを持つ者が混ざっているかもしれないからな」

「では、こちらでも少しばかり手を貸しておきましょう。魔都にいる魔法都市の者には圧力をかけてこちらに向かうように誘導しておきます」

「そこまで干渉しては部下に怪しまれないか？　一応は我と貴様は不可侵条約を結んで、互いに交流はしていないということになっているはずだが……？」

「白狼《フェンリル》殿の住処《すみか》に近いというのに一度も〝魔都〟を襲撃されたこともないのですよ。何かしら関係があると薄々は感づいているでしょう。それに怪しいと思ったところで何もしませんよ。部下の躾《しつけ》はきちんとしておりますので」

「ならば、良い」

白狼《フェンリル》は太々《ふてぶて》しい笑みを浮かべる。

人間のような豊かな表情を見せる友人に女王は器用なものだと乾いた笑いをあげる。

「あとは見ているがいい。必ずや、目的のギフトを見つけ出そう」

「お願いしますね。我々には例のギフトが必要なので、白狼《フェンリル》殿には期待していますよ」

釘《くぎ》を刺してくる女王の態度は若干であるが馴《な》れ馴《な》れしい。

けれども、白狼《フェンリル》は不快に思った様子はなく、むしろ楽しげに喉を鳴らすだけ。

「ふふっ、無論だ」

やがて、笑いも消え去った時、そこには真剣な瞳を女王に向ける白狼《フェンリル》がいた。

「楽しみにしていろ。我らが悲願のために」

「ええ、我らが悲願のために」

唐突に雰囲気が変わった白狼《フェンリル》に臆することなく女王もまた力強く応えた。

＊

高域三十二区。鬱蒼《うつそう》と生い茂る森の中、人工的に作られた丸い円の開けた場所。

無骨な砦《とりで》が建てられていたが、四方から押し迫る魔物の群れを前に、砦の中――胸壁から怒号が飛び交っていた。剣戟《けんげき》の音と共に忌々しい鳴き声が空に打ち上がる。

腹の底まで響いてくる重低音の咆吼《ほうこう》に人々は緊張から身体《からだ》を強張《こわば》らせた。

それでも眼下から押し迫る夥《おびただ》しい数の魔物の群れを見て、勇気を奮い立たせると雄叫《おたけ》びをあげて迎え撃つ。

得物を構えて胸壁に立つ人々と、壁を這《は》い上がる魔物。両者が衝突する寸前、一筋の紅《あか》い線が壁に登っていた魔物を一掃した。

「恐れる必要はないわ！　壁はちゃんと機能しているし、魔物が一匹も中に入ってきてないもの！　気迫で負けちゃダメよ！　押し返しなさい！」

紅髪を靡《なび》かせながら、カレンは片手を突き上げてシューラーたちを奮い立たせる。

そのまま大股で弓を手に暴れ回る青髪の美女——エルザの下に向かった。

「エルザ！　この後はどうするの？　魔都まで退くつもりなら早くしないと、魔物に拠点が囲まれる前に脱出しないといけないわ！」

「申し訳ありません。魔都に援軍要請、または保護を求めたのですが拒否されました」

エルザは苦虫を噛《か》み潰したような表情を浮かべる。

彼女はシューラーの一人を伝令として送り出していたのだが、先ほど魔都の返答を受け取った伝令が帰ってきたのだ。その答えは期待していたものではなく、此度《こたび》の〝魔物行進《モンスターパレード》〟について〝魔都〟は干渉せずだった。

「はぁ？　ここが突破されたら次は魔都が狙われるのよ？」

「そうなんですが、魔都はすでに門を閉め切っているそうで、我々が避難してきたとしても受け入れないそうです」

「……つまり魔都の連中は、あたしたちにココで死ねって言いたいわけ？」

今の拠点から脱出して魔都に避難しようとしても受け入れられないのなら、この即席の拠点でいつ終わるかもわからない魔物の襲撃に耐え続けなければならない。

「遠征に備えて食料などは準備してきたので十分にありますが、それでもいつまで耐えられるかわかりません」

三十二区は木々が密集した森林――つまり自然の要害となっている。

そのおかげで魔物たちが数の利を生かしきれておらず、数で劣る自分たちが何とか耐えられているのが実情であった。

「援軍の見込みもない状況で士気を維持するのも大変でしょうし……こうなったら魔都に〝魔物行進《モンスターパレード》〟を誘導して自分たちは中域まで逃げるってのはどう？」

「気持ち的にはそうしたいところではありますが国際問題になりますね。下手をすれば魔都と魔法都市で開戦。その原因となった我々は良くて追放ですが、最悪は余計な諍《いさか》いを持ち込んだとして消されてしまうでしょう」

「はぁ……なんで受け入れないかな。魔都の壁は高く魔物の襲撃に備えたものでしょ。あそこなら一ヶ月や二ヶ月は簡単に耐えられるじゃないの。それに上級魔族も沢山いるんだから逆に跳ね返す可能性のほうが高そうなんだけど」

〝失われた大地〟は魔物の巣窟であり、瘴気《しょうき》から魔族が誕生するほどの危険地帯だ。

常人が足を踏み入れたら二度と帰ってはこれない過酷な土地でもある。

驚異的な繁殖力を持つゴブリンでさえ、ここでは生きていけず生息していないのだ。

そんな場所で建国してしまうほど、特記怪物六号〝女王〟は強い。

小さな村から始めて城塞都市まで造り上げたのだから大したものだ。

それは人類が達成できなかった事柄でもある。

〝失われた大地〟の奪還は、魔法協会だけじゃなく、聖法教会や世界各国の悲願だ。

それを女王は一部とはいえ一人で成し遂げた。

魔族と魔物を従えることで、魔法協会にすら比肩する勢力を造り上げたのだ。

「そんな連中が避難を拒否するってことは、何か裏があるのは間違いなさそうね。それとも似たようなことって過去にもあったりする？」

「そんなのないよ。魔都にとってウチらはちっぽけな存在だけど、それでもお金を落としてくれる大事なお客さんだもん。避難とか受け入れないって初めてのことじゃないの」

カレンの質問に答えたのはシギだ。彼女は額に浮いた汗を拭うと、胸壁に背中を預けてゴーグルの位置を直してから水を飲み始めた。

そんな彼女にカレンは首を傾《かし》げながら尋ねる。

「うーん、なら、シギは援軍を断られた理由は何だと思う？」

「ぷはーっ、何だと思うって言われても、知ったところでどうこうできる問題じゃなさそうだし。だから、素直にここで耐えるしかないんじゃない？　魔法協会のほうにも助けてーって伝えに行ったんでしょ？」

シギがエルザに目を向ければ彼女は頷《うなず》いた。

「はい。ですが、依頼という形になりますと援軍は期待できないかと」

「あー……そりゃねぇ、難しいよね」

シギは苦笑する。もし〝魔物行進《モンスターパレード》〟が魔法都市に向かっているのであれば、すぐさま援軍が派遣されてくるだろう。しかし、ここは〝失われた大地〟で嫌われ者の魔族が治める〝魔都〟があるだけだ。しかも、〝魔物行進《モンスターパレード》〟の鎮圧だけでなく、おまけに白狼《フェンリル》までついてくるとなったら好んで助けに来てくれる者はいないだろう。

だから、魔法協会に助けを求めたとしても、彼らの判断は救援依頼という形で掲示板に張り出すだけの可能性は高い。

「この拠点が壊滅して〝魔物行進《モンスターパレード》〟が魔都に向かったら苦情なんてものじゃないんだけど、魔法協会のお偉いさんたちはそれが理解できてないのよ。実際に問題になるまでは、自分たちの利権争いで忙しいから下々のお願いなんて聞いちゃくれないの」

「なら、最悪の想定もしておかないといけないわね」

カレンが疲れたように言えばシギは何度も頷いた。

「うんうん。それと、この拠点に辿《たど》り着いてから戦い始めて何時間ぐらい経《た》った？」

シギの質問にエルザが懐中時計を取り出した。

「三時間ほどですね。討伐した魔物の数は千は超えているかと思います」

「短い間なのにかなりの討伐数ね」

カレンが感心したように言えば、シギは胸壁から眼下を見て口をへの字に曲げた。

「そりゃねぇ……こんだけ魔物がいたら魔法をどんな方角に撃っても当たるもん」

砦の壁に貼りつくように魔物が蠢《うごめ》いている。

地上なんて見えないほど魔物が密集しており、壁際で積み重なることで山のように膨れ上がって砦の高さを超えようとしていた。

そこに魔導師たちが範囲魔法を放って魔物を殲滅《せんめつ》するのである。

また一人特大の魔法を放ったのか、胸壁の上に倒れて医務室に運ばれていく。

「ねえ、今のってシギの所のシューラーよね？　彼だけじゃなくて他にもいっぱい魔力が枯渇して倒れてたような気がするけど大丈夫なの？」

壁を駆け上がってくる魔物を突き落としている時に、カレンの視界の端では幾人もの魔導師が倒れてる姿がよぎっていた。

その全てが〝ブロウバジャーギルド〟のシューラーだ。

一体何が起きているのか把握できないカレンは困惑したが、あまりの忙しさに調べるのを後回しにしていたのだ。

「そだよ～。ウチらって白狼《フェンリル》から逃げてる時間も含めれば半日以上も戦い続けてるでしょ。だからシューラーたちも体力とか魔力が残り僅かだったんだよね。そこでさ、休憩したり足手纏《あしでまと》いになるぐらいなら魔力を枯渇させてから寝ろって命令したんだ」

笑顔でとんでもないことを口走ったシギに、カレンは口端を引き攣《つ》らせた。

「あんた……とんでもない命令をするのね」

魔力欠乏症と違って一時的に魔力を失うだけなら命の危険性はない。

しかし、問題がないというわけでもないのだ。

記憶が混濁したり、意識が消失するので倒れたときに頭を打ったりすると大変なことになる。他にも目覚めるまで時間がかかることから、普通は意識が保てるぐらいの魔力を残すものなのだ。

「だって、あの子たち、それでもいいからってカレンたちについてきたんでしょ？　迷惑をかけたんだから少しぐらいは役に立たないとね」

可愛《かわい》らしく小首を傾げるシギだが、その手厳しい言葉にカレンは戦慄した。

「シギって普段はシューラーたちに甘やかされてるのに……そんなあなたがシューラーに厳しいってどうなのよ」

「えぇ～……ウチだってそう思うけどさ。なんか厳しく言ったほうが喜ぶんだよね。前に甘やかしたら、何か悪いことしましたかって泣かれたの」

「あぁ……変態――いや、繊細な部分だったのね。ごめんなさい。無遠慮に触れちゃいけないところだったわ」

カレンが注意したことでシギが改善に乗り出したら変な恨みを買うかもしれない。

彼女たちのギルドの方針について、二度と触れないことをカレンは心の中で誓った。

色々なギルドがあるのだ。と、カレンはそう思い込むことにした。

「それにしても……やっぱり疲れがでてくる頃よね」

「出来る限り交代させているのですが、魔物が絶えることなく攻めてくるので肉体的にもそうですが、気の休まる時間もありませんから、精神的にも疲れが蓄積していってるのかもしれません」

「班を更に増やして交代時間を長くするのはどうかしら？」

「それでは手薄になって四方の壁を守れなくなります。今よりも人数が少なくなれば必ず崩壊してしまいますから却下です」

「少しでも休息時間を増やしてあげれたら良かったんだけど今は無理そうね」

「状況が改善すれば何とかなるかもしれませんが、変化が訪れることを祈りましょう」

「それでも楽なほうだと思うけどね」

と、二人の会話に割り込んできたのはシギだった。

彼女は北、西、東と順番に手を向けて再び口を開く。

「北側はアルスがほとんど請け負ってるようなもんだし、西もシオンさんが頑張ってたりしてシューラーたちの負担はかなりマシになってると思うよ。二人がいなかったらとっくに魔物が壁を壊して、拠点なんか跡形もなくなってたはず」

カレンたちが守っているのは南側の壁だ。

魔力が残り僅か、ということもあってエルザと共に南側の担当となった。

そこにはシギも追加されている。

彼女の姉であるレギは遊撃として西側のシオンの所で今は暴れているはずだった。

「それに拠点が狭いから危ない場所にすぐに応援にいけるところもいいよね」

拠点自体はそれほどの広さはない。

百人ほどが入れる中央広場には、治療室という名の天幕が置かれているだけだ。

そのため各方面の壁の様子はどこからでも見える作りとなっており、壁の高さを優先したのが功を奏したのか、今のところは魔物たちを上手《うま》く捌《さば》けている。

もちろん、シギが言うようにアルスやシオンにかなり助けられてこその現状であった。

「でも、一番は東側でしょうね。あそこは一つの班だけでいいと思うわ。いや、ホント信じられないけど、数を増やしたところで足手纏いでしょ」

呆《あき》れた様子でシギが言うのも無理はない。

東側の担当となったのはユリアなのだが、その場所だけ異様に静かだった。

風を切るような音だけが延々と響いている。

彼女と同じ東側の防衛を担当している〝ヴィルートギルド〟のシューラーたちは、ただただ眺めていることしかできない。

なぜなら、ユリアに加勢しようとしても、一瞬、まさしく一瞬、白銀の線が視界に映った時点で魔物が息絶えるからだ。

「あんたのお姉ちゃんさ、すごい異質だよね。あのギフトからしてありえないもん」

シギが東側を見ながら呟《つぶや》く。

そこではユリアが自身のギフトを活《い》かした戦い方をしている。

彼女以外の者が見れば壁の上に突っ立っているようにしか思えないが、事実は瞬く間に地上に舞い降りて魔物を蹂躙《じゅうりん》しているのだ。

本能が畏れを抱かせるのか、魔物たちの多くは東側を避けている気すらしてくる。

「あら、〝付与〟魔導師のあなたがそんな感想を言うなんて珍しいわね。お姉様の【光】ギフトの魔法を知ったら魔石に付与させてって言うかと思ったんだけど」

「いやー、ユリアの魔法を今日初めてみたけど、あれ魔石に〝付与〟できるとは思えないんだよね」

「そうなの？　あなたでも？」

シギは見た目こそ幼いが、【付与】のギフトを持つ魔導師の中では五指に入ると言われている実力者だ。もちろん、そんな特筆すべき力を持っていれば目もつけられるのは必然で、その腕を買われて魔王や二十四理事《ケリュケイオン》に勧誘されたそうだが、その全てを断ったことで魔法都市で嫌がらせを受けることになった。

ドワーフなだけあって頑固なので最後まで折れることなく、最終的には竜の街に移住することで難を逃れることになった。

そんな魔王に目をつけられるほどの〝付与〟の腕前をもつ彼女が、魔法を一目見ただけで断念するのは非常に珍しいことだった。

「あんなの使えるの限られた者だけよ。常人が〝光速《エクレール》〟なんて使ってみなさい。身体《からだ》がついていけずに木《こ》っ端《ぱ》微《み》塵《じん》になるわよ」

「でも、前にアルスはお姉様の〝光速《エクレール》〟を使ってたわよ。条件があるとか言ってた気がするから全く同じではないかもしれないけどね」

「ユリアが異質ならアルスは異常だから、あの子は存在自体が意味不明すぎて頭痛くなってくるから考えたくない」

額を押さえながらシギは言ったが、その後に手を叩《たた》いて跳び上がった。

「そうよ！　アルスの奴《やつ》に言わなきゃいけないことがあったんだ！」

「急にどうしたのよ？　レギとの交代はまだなんでしょ？　ゆっくりしたら？」

「アルスの魔法を付与した魔石で酷《ひど》い目にあったのを思い出したの！」

「へぇ～……でも、あなたアルスにせがんでなかった？」

「そうだとしても！　下手したら死んでたんだから文句の一つも言いたくなるわ！」

「一体なんの魔法を付与したのよ」

カレンが呆れた表情をすれば、こうしちゃいられない。とばかりに慌ただしくシギが離れていく。その足が向いている先は北側――つまりアルスが戦っている場所だった。

「ちょっと、もうすぐレギと交代なんじゃないの!?」

「延長しておいて！」

「いや……無理でしょ。なに言ってんのよ」

「相変わらずのようですね」

と、カレンの背後に現れたのはエルザだった。

「あら、休憩かしら？」

「はい。カレン様は少しばかり長いかと思いますが……」

「そろそろ身体を動かそうと思ってたところよ。それよりも、状況のほうはどうなの？」

「可も無く不可も無く、と言ったところでしょうか、どこも安定はしていますが……ただ、二、三日でこの拠点は崩壊するかと思います」

「理由は？」

「無尽蔵に湧き続ける魔物に尽きます。夜も恐らく戦い続けることになるでしょう。交代するとはいえ長時間の休息は得られません。睡眠時間もとれないとなれば……もって二、三日でしょう」

「それは最終手段も考えなきゃいけないわね」

強制的に〝魔都〟を巻き込む必要がでてくるだろう。

その結果、魔法都市と魔都の対立を引き起こすかもしれないが、ここをシューラーたちの墓場にするわけにはいかない。

「気楽に責任転嫁していきましょう。協力してくれない〝魔都〟が悪いってね」

肩を竦《すく》めてカレンが冗談を言えば、エルザは淡々と口を開く。

「謝るのはカレン様だけにしてください。わたしは知らぬ存ぜぬを貫き通します」

「えぇ～……一緒に謝ってよ」

カレンが口を尖《とが》らせれば、エルザは嘆息する。

「冗談ですよ。その時が来たら謝罪をするか、立ち向かうか、開き直るか、皆で後悔のない選択をしましょう」

「そうねぇ～……なら、もう少しだけ頑張りましょうか」

カレンは自身の得物を握り締めると胸壁の上を駆け出す。

壁を登ってきた魔物の頭を叩き潰してから次の獲物を蹴り飛ばした。

時折背後をとられそうになるが、エルザの矢によって助けられる。

「ねえ、エルザ。あたしとあなたがいれば、案外、二、三日で殲滅《せんめつ》できるんじゃないの？」

カレンのお気楽な発言は、本来なら注意すべきことだったが、絶望的な状況下にある中で、シューラーたちを不安にさせないための軽口なのだろうとエルザは判断した。

「もしくは今日中かもしれませんね」

「あら、言うじゃない」

カレンは冗談に乗ってきたエルザに驚いたが、互いの目が合うと微笑《ほほえ》むのだった。

＊

「アルス～～～!!」

背後から迫り来る物体に、アルスは足を止めて振り返った。

視界を覆い尽くす魔物たちも攻撃をやめて、大声をだしながら近づいてくる幼女に注目している。

「……シギか？」

別の場所を担当している知り合いの登場に、何かあったのかとアルスは首を傾《かし》げる。

彼女との出会いはカレンの紹介だった。

アルスのギフトが〝耳が良い〟だけと聞いて、興味を持ったシギが魔石に〝付与〟させてくれと必死に頼み込んできたことから仲良くなった。

年上らしいのだが、あまりにも幼い容姿のせいでそうは思えず、性格なども幼女に引っ張られているせいで、精神年齢でも年上だとは思えない少女だ。

「お前の受け持ってる場所は違うだろ？」

「そうだけど、アルスに抗議したくてやってきた！」

「……なんで抗議されないといけないんだ？」

「前に付与してもらった魔石のせいで死にかけたから、その抗議よ！」

「いや、それってシギが欲しいって言うから付与に協力したんじゃないか」

「それでもよ！　あんな、ふざけた威力とは思わないじゃないの！」

地団駄を踏むシギを困った顔で見ながら、アルスは壁を登ってきた魔物の頭に短剣を突き刺した。悲鳴をあげながら地面に追突した魔物を一瞥《いちべつ》したあとにシギに向かって口を開く。

「どういう意味だ？」

「白狼《フェンリル》から逃げるために〝死音《デスフリユスタン》〟が付与された魔石を投げたんだけど、半径一キロは吹き飛んだわよ、あれおかしいでしょ」

「まさか……〝死音《デスフリユスタン》〟は体内の音を狂わせる効果しかない魔法だ。そんな半径一キロを吹き飛ばすほど威力のある魔法じゃないぞ」

「ちょっと気になる情報あったけど……今は置いとくわ。でも、実際にもう少しで巻き込まれてお姉ちゃんも死にそうだったんだけど？」

「いや、そんなはずない……。もしかして、カレンの魔法を付与した魔石だったんじゃないのか？」

「さすがのウチもそんなにおっちょこちょいじゃないわよ。そもそも、自分が付与した魔石を間違えるなんて、そんなことしたら付与魔導師失格じゃないの」

アルスにも心当たりがなく、シギも否定するのであれば、原因は一つに絞られる。

「なら、白狼《フェンリル》が何かをした可能性のほうが高いんじゃないか」

アルスは楽しげに顎に手をあてると不敵な笑みを浮かべた。

「見てみたいな。オレの知らない魔法の可能性がある」

「はぁ……あんた相変わらずねぇ……。たまには魔法以外のこと考えられないの？」

「オレは自分が知らない魔法を識《し》るのが趣味だからな」

「変わった趣味なことで……ホント、ウチにはわかんないや」

シギが呆れたように言えば、アルスは苦笑する。

「よく言われるよ。他に趣味を見つけろともな。それでもオレはやっぱり魔法だな」

母が亡くなった時からアルスには魔法しかなかった。

世界中の魔導師が唱える魔法を聴き続ける。

ただそれだけが、あの腐った世界で心の安寧を保つことができた手段だったのだ。
だから求め続ける。
更なる魔法を。
更なる叡智《えいち》を。
世界最強の魔導師〝魔法の神髄《ミーミル》〟に勝つために。
そして、その者が集め続けた世界中の魔法知識を奪い取る。
さすれば、いずれは辿《たど》り着く。
人類の最高到達点――、
――魔帝。
唯一無二の称号。
絶対的な支配者の称号。
魔法を極めた者だけが名乗ることを許された称号だ。
「それで白狼《フェンリル》について情報はないのか？」
アルスは尋ねるが、同時に空気が変わったことに気づいた。
シギが一点を見つめている。

何を見ているのか、何に目を奪われているのか、何を恐れて震えているのか。

聞かなくてもわかる。

問いかけずとも理解できた。

彼女の瞳に映ったその姿は威厳に溢《あふ》れている。

アルスはシギが見ている先へ、ゆっくりと視線を向けた。

魔物の群れを従えた白き狼《おおかみ》が、雄大な足取りで拠点に近づいてきている。

その光景はまるで王の行進だ。

アルスは自分の心臓が大きく脈打つのを感じていた。

目の前に現れたあの生物は強いと本能が訴えてきている。

「嘘《うそ》でしょ………なんでこんな時に現れるのよ」

絶望からかシギの表情は青白くなっていた。

確かに今の状況を考えれば、絶望的だと言えるだろう。

魔物の群れに拠点が囲まれて、いつどこの壁が崩れるかもわからず、ただただ耐えるだけの時間を過ごしてきたのだ。

そこへ圧倒的な力を持つ白狼《フェンリル》が現れたら今の均衡が一瞬にして瓦解してしまう。

ならば……と、白狼《フェンリル》と戦おうとしたアルスだったが動けなかった。

白狼《フェンリル》の登場によって〝魔物行進《モンスターパレード》〟が活性化したからだ。

先ほどよりも狂暴に、咆吼《ほうこう》をあげる魔物たちは恐怖に支配されていた。

白狼《フェンリル》の濃密な魔力を恐れたが故の情動伝染だ。仲間が抱いた感情を自分自身にも反映してしまう感覚のことで、魔物の群れでよく見られる現象の一つである。

膨大な数の魔物が恐慌に陥って壁を乗り越えようと必死に登り始めた。

アルスは暴走する魔物たちの首を斬り落としながら、どうするべきか考える。

「まあ……オレがここを離れたら崩れるだろうな」

カレンから派遣されたシューラーたちがいるとはいえ、アルスがこの場を離れてしまったら活性化した魔物によって一気に飲み込まれてしまうことだろう。

「アルス、ここは任せて行ってきなさいよ──なんて、言えればいいんだけどね」

シギは珍しく失意に満ちた言葉を吐くと肩を落とした。それはアルスの代わりに戦うことができない自分自身への失望から来た言葉だったのだろう。

彼女の強味は数多くの魔石を所有していることにある。

しかし、今の彼女は白狼《フェンリル》から逃げるために魔法が付与された魔石を使い切っていた。

あとは得物のモーニングスターを振り回すだけだが、それだけではアルスの代わりを務めることはできないだろう。

「他の場所も厳しくなってきたわね」

シギの言葉にアルスは視線を巡らせる。

確かに各地の戦闘が激化していた。

まだ崩壊するような危険な場所はないが、時間の問題なのも確かだろう。

「今すぐ白狼《フェンリル》をぶっ飛ばしたら〝魔物行進《モンスターパレード》〟は終わるのか？」

「現実的じゃない方法ね。まあ、一応答えると、そうだとも言えるし、そうじゃないとも言えるわね」

「どういうことだ？」

「白狼《フェンリル》を倒せば新たな魔物が追加されることはないけど、今この場に集まっている魔物が消えるわけじゃないの」

「ここで魔物たちを食い止めながら、白狼《フェンリル》をぶっ飛ばすのが最適解ってことか」

「それができたら苦労しないんだけど、現状だと不可能じゃない？　アルスが北側の防衛から抜けたら一気に崩壊するだろうし、他も増援が送れるほど余裕のある場所なんてないもの」

いつまで戦い続ければいいのか、いつまで耐え続ければ解放されるのか。

まだ心が折れるほど追い詰められてはいないが、それでも身体《からだ》は悲鳴をあげている者が出始めている頃だろう。

「アルスたちみたいな規格外は大丈夫だろうけど、そうじゃない魔導師にとったらこの状況は地獄とあまり変わらないよね」

今はまだ追い詰められているわけではない。まだ余裕を保った状態で戦えている。

なのに、各地で戦うシューラーたちからは一様に絶望感が漂い始めていた。

それは、なぜか、シューラーたちは良くも悪くも自分たちの実力を把握できている者たちだからだ。

自分たちがどこまで戦えるのか、その限界を知っているからこそ、いずれ力尽きる時が来るのを理解できている。それでもアルスやユリアという絶対的な存在が彼らから悪夢を忘れさせていたのだが、白狼《フェンリル》の登場によって絶望が希望を上回ってしまった。

それに現実を思い知らせるように、多勢に無勢で途切れることのない魔物による派生攻撃が続いている。白狼《フェンリル》の登場と尽きることのない物量差に悲鳴をあげた結果――シューラーたちの意気が挫《くじ》かれることになったのだ。

そんな弱点を見抜いたのか、現在進行形で、白狼《フェンリル》が魔物の群れの後方から睨《にら》みを利かせて、魔物を追い立てながらシューラーたちの精神に追い打ちをかけていた。

「あの狼ってば性格悪いわ。ウチを追いかけてきた時もそうだけど、精神的なことをチクチクしてくるんだもん。あれって明らかに人間並の知能があるわよ」

「古代の生物で神々に創造されたものは知能を持っているんだったか？」

「気に入った生物にだけ知恵を授けたみたいだけどね。まあ、そのせいで白狼《フェンリル》に裏切られてるんだから世話ないわよねぇ～」

シギは神々を馬鹿にするように、ハッと鼻を鳴らしてから続きを口にした。

「あと有名なのは竜の街を治めてる古竜かしら……でも、滅多に表にでてこないから、ウチは未《いま》だに声どころか姿すら見たことないわ」

「いつか古竜にも会いたいもんだが……今は白狼《フェンリル》と〝魔物行進《モンスターパレード》〟だな」

胸壁に乗り上げてくる魔物の数が増加している。他の場所でも同じようで先ほどよりも確実に状況は悪化していた。

「……何か考えないとまずいわね」

シギが深刻そうに呟《つぶや》けば、

「……仕方ない。やるしかないか」

アルスは〝天領《てんりよう》廓大《かくだい》〟を使用することを決めた。

世界に三人しか使用できる者がいない究極魔法。

白狼《フェンリル》と戦う前に極力温存しておきたかったのだが、出し惜しみしている間に拠点のほうが先に限界を迎えそうだ。

胸壁の縁に立ったアルスは白狼《フェンリル》を睨みつけながら、

「Imper――」

「よう、邪魔するぜェ」

アルスの詠唱は唐突に傲慢な声によって遮られた。

聞いたことがある声にアルスが目を向ければ、

「なぁんか楽しそうなことしてんじゃねェか」

汚れなき白髪、凶暴そうな双眸《そうぼう》、野生的な風貌、荒々しい雰囲気、まるで毒蛇のように口元は卑しく歪《ゆが》み、それでいて獅子《しし》のように人を惹《ひ》きつける妙な魅力に満ちている。

魔法都市の頂点に君臨する、十二人しか存在しない魔王の第八冠。

――〝鬼喰《ぐ》い〟グリム。

死神のような大鎌の刃が鈍い光を発し、太々《ふてぶて》しい笑みを照らしていた。

「魔王グリムがなんでここに!?」

シギが驚いた声をあげれば、

「あっ、シギちゃんだ。やっほー!」

魔王グリムの背中から首を覗《のぞ》かせたのはキリシャだ。

相変わらず天真爛漫《てんしんらんまん》な笑顔でシギに手を振っている。

「えっ、ん? わぁ、キリシャだ。やっほー!」

シギは思わず手を振り返したが、すぐに正気に戻る。

「だから、なんで、ここに魔王グリムがいんのよ!?」

「うるせェぞ、さっきからギャーギャー騒ぎやがって……」

戸惑うシギを見下ろしていたグリムは首を傾《かし》げる。

「ちっ、おい、キリシャ、このうるせェチビと知り合いなのか？」

「うん。シギちゃんは可愛《かわい》い小物とか造るのが上手でね。キリシャのお気に入りなんだ」

グリムに問いかけられたキリシャから弾丸のように言葉が吐き出されていく。

「それにちょっと生意気だけど孤児院の子たちに髪飾りとかプレゼントしてくれる優しい子なんだよ！　だから怒っちゃダメ！」

キリシャに後頭部を叩《たた》かれながら、グリムは鬱陶しそうに顔を歪める。

「わかった、わかったから、殴るのやめろ」

キリシャの手を摑《つか》んで叩かれるのを阻止すると、グリムは好奇心に満ちた視線をシギに落とした。

「それにしても……へぇ～、そうかい、おい、チビ」

「な、なによ……」

グリムの機嫌を損ねたと思ったのか、シギは慌ててアルスの背中に隠れた。

「俺より前にでるんじゃねェぞ」

「は？」

意味がわからないと疑問符を浮かべるシギだったが、そんな彼女を無視したグリムは後頭部を掻《か》きながらアルスを睨みつける。

「おい、アルス。ここは俺が潰しておいてやるよ。譲ってやるから、お前はとっとと白狼《フェンリル》とやってこい。倒せなさそうなら加勢してやる」

その傲慢な態度は断られるとは思っていない。まるで当然のように恩着せがましく彼は告げてきた。だが、言葉の中身を吟味すれば、全てはアルスを手助けするためだ。

「そうだよー。ここはキリシャたちに任せて、アルスちゃんは好きなようにしなよ！」

素直じゃないグリムと違って、キリシャは相変わらず純真だった。

「感謝する。ありがとう」

アルスが礼を述べると同時、各地でも空気が変わったのを肌で感じた。

「他の場所の心配もいらねェ。今頃はうちの連中が加勢してるはずだ」

グリムが悪戯《いたずら》が成功した子供のように喉を鳴らしながら告げてきた。

すると各地で大きな音が鳴り響いてきた。きっと、魔王グリムが言うように彼が率いる〝マリツィアギルド〟のメンバーが各所で加勢に現れたのだろう。

「なぁ……アルスよぉ。てめェは白狼《フェンリル》と戦いてェんだよな？」

尋ねてきたグリムにアルスは素直に頷《うなず》いた。

「ああ、アレと戦って知らない魔法を知りたい」

「呵々《かか》っ、じゃあ、そんな魔法バカのために俺が道を切り開いてやるよ」

グリムは胸壁の上に立つと眼下から壁を駆け上がってくる魔物を見据えた。

「キリシャはここに残れ、いいな？」

「はーい。シギちゃんと仲良くお留守番しとくー」

「よし、行くとするか！　おい、アルスついてこいよ！」

グリムは胸壁から飛び降りると、魔物を切り伏せながら地上に舞い降りた。

その後にアルスも続いていく。その背をキリシャたちが手を振って見送っていた。

「アルス！　てめェは戦うんじゃねェぞ。魔力は温存しとけ、全快で戦わせてやるよ」

グリムは宣言すると魔物が埋め尽くす地上で暴れ始めた。

たった一振りで数え切れない魔物が斬り刻まれて息絶える。

順調に進んでいくグリムだったが、

「ちっ、パイアか、こいつら皮が硬いし、身長差もあるから厄介なんだよなァ」

面倒そうに言いながらもグリムの声音には喜色が滲《にじ》んでいる。

そんな彼の前を立ち塞ぐのはパイアと呼ばれる魔物だ。

扁平《へんぺい》で地を這《は》うような体格をしていた。その体長は三メートルは軽く超えており、湿地帯に生息している魔物で主に水辺に棲《す》んでいる。

濃い茶色の鱗《うろこ》に、細長い尾があり、その巨大な口は恐るべき歯と顎を隠している。

冷たい瞳は一切の感情を削《そ》ぎ落として冷酷な光を宿し、まるで大地の支配者であるかのようにグリムを見つめていた。

パイアが厄介なのは身長差があるのも理由だが、硬い皮のせいで攻撃が通りにくい。

また動きも素早く、少しでも油断を見せれば強靱《きょうじん》な顎で下半身をあっという間に食い千切られてしまう。

本来なら高域四十区以下に生息している魔物だが、パイアもまた白狼《フェンリル》を恐れて〝魔物行進《モンスターパレード》〟に加わったのだろう。

「手伝うか？」

後ろからアルスが言えば、グリムは死神のような大鎌を構えた。

「いらねェよ。それよりも前を開けるから突っ走れ」

グリムは大鎌の刃を迫り来るパイアの頭に振り下ろして絶命させる。

血を噴き出すパイアの頭に刺さった大鎌に足をかけたグリムは周囲を見渡す。

「はっ、まともに相手をするのも面倒だ」

パイアの群れが虎視《こし》眈々《たんたん》とグリムに嚙《か》みつく好機を探っていた。

「〝幻惑《イリュジオン》〟」

詠唱破棄された魔法の効果はすぐさま現れる。

唐突に風が吹き抜けていけば、パイアたちの瞳が白く濁っていった。

すると、パイアたちが大口を開けて味方に嚙みつき始める。

周囲で共食いが始まった。

血の匂い、骨が砕ける音、肉片が飛び散り、死体が瞬く間に増えていく。

「ははははっ！」
高笑いをあげながらグリムが大鎌を手に突っ込んでいく。
斬って、斬って、斬って、返り血を浴びながらグリムは前進を続ける。
その姿はまるで悪鬼、その表情はまるで羅刹、その戦い様はまさに阿修羅《あしゅら》の如《ごと》く。
グリムはアルスのために白狼《フェンリル》へと続く道を全力で切り開いていった。
「よっし、こんなもんだろ。アルス、いけ！」
満足そうにグリムが叫んだ時、影が横を凄《すさ》まじい勢いで通り過ぎていった。
「グリム、ありがとう」
感謝を風に乗せて、アルスは大地を駆けていく。
ただただ真《ま》っ直《す》ぐに向けられている朱黒妖瞳《オッドアイ》。
アルスの視界が捉えて離さないのは白き怪物。
身動《みじろ》ぎもせずに待ち続ける姿は王者に相応《ふさわ》しい佇《たたず》まいだ。
まるでアルスが挑戦者だと告げるように威風堂々と待ち構えている。
六大怪物、特記怪物、古代の怪物。
様々な名で呼ばれる偉大なる白狼《フェンリル》。
だが、
――否。

否、否、否、否、とアルスは否定する。

なぜなら、白狼《フェンリル》はアルスの射程距離にいたからだ。

もはや、音に聞く怪物ではない。

手が届く距離にいる生物に過ぎない。

恐れる必要はない。崇《あが》める必要はない。尊ぶ必要はない。

故に――アルスは否定した。

「オマエは――」

二振りの短剣を握り締め、黒衣の裾を靡《なび》かせながら、全身から魔力を迸《ほとばし》らせる。

「オレの獲物だ」

大胆不敵な笑みを浮かべた少年《アルス》は跳躍した。

*

「……あ？」

最初、白狼《フェンリル》は理解できなかった。

飛びかかってきた勇ましい生物を呆然《ぼうぜん》と眺めてしまった。

初めての経験だったからだ。

これまで白狼《フェンリル》と出会うだけで誰もが恐怖に駆られて逃げ惑うだけだった。

もちろん、中には戦う道を選ぶ者もいたが、その全てが自棄《やけ》になったからで、少年のように迷いなく仕掛けてきた者は皆無だ。

白狼《フェンリル》が戸惑う中で、少年が白狼《フェンリル》の眼前で短剣を振るった。

まるで素人のような動きで、あまりにも遅すぎる。

達人と呼ばれる者と幾度も戦ってきた経験のある白狼《フェンリル》からすれば、惨めに思えるほどに未熟な剣捌《さば》きだ。

期待をさせてから牙で噛み殺すか、絶望の淵《ふち》に沈めてから爪で突き殺すか。

どうとでも料理ができると、実力は隔絶しており問題はないと白狼《フェンリル》は判断する。

なのに――、

「…………なんだ？」

気づけば、白狼《フェンリル》は大きく後ろに跳び退《すさ》っていた。

白狼《フェンリル》は理解できない。

なぜ、自分が、黒衣の少年と離れてしまったのか。

先ほどまで触れ合える距離にいたというのに、今では常人であれば少年の表情が確認できないほど離れてしまっていた。
「………どうして？」
魔物の群れに押し潰されるように消えていく黒衣の少年を眺めながら自問する。
次いで魔物が無残に吹き飛ぶ様を白狼《フェンリル》の瞳は捉えた。
肉片が打ち上げられて、血煙が空を夕焼けのように紅《あか》く染めていく。
ぽっかりと開けた場所に立っているのは黒衣の少年だ。
何をしたのかはわからない。ただ魔力が微《かす》かに爆発するのを感じ取れただけだ。
「もしや………我が恐れたというのか？」
白狼《フェンリル》が答えに辿《たど》り着いた時、黒衣の少年は大地を駆け出していた。
距離が縮まる毎《ごと》に、少年の表情がより鮮明に見えてくる。
何が可笑《おか》しいのか、何が面白いのか、何が楽しいのか。
近づいてくる少年は口角を吊《つ》り上げていた。
不思議で理解できない少年なのは認めよう。
しかし、そんな少年に恐れを抱いた理由には辿り着けなかった。
「確かめるか――――ッ!?」
白狼《フェンリル》は強烈な殺気を少年に飛ばしたが、見当違いな方向から殺意が返ってきた。
慌てた様子で白狼《フェンリル》は殺意の場所に視線を送る。

銀髪の少女が立っていた。

凄まじい数の魔物の死体に囲まれていながら、まるで水面に浮かぶ精霊のように清艶。

清浄明潔。

凄絶な笑顔、返り血も浴びず、汚れ一つ見当たらない。

地獄のような世界にあって違和感しかない少女の登場に白狼《フェンリル》もまた意識を奪われる。

だから、黒衣の少年が足下まで迫っているのに気づけなかった。

＊

「すまない。待たせたな」

アルスが見上げれば美しい白毛を持つ狼《おおかみ》がいた。

その毛は雪のように滑らかで美しく、太陽の光が照らすことで白毛はまるで銀の織物のように光り輝いている。

優美さと力強さを誇示する壮麗な体格、その身体《からだ》は強靱でありながらしなやかで、白毛に包まれた美しい曲線が見事に浮かび上がっていた。

魔物とは一線を画した空気を身に纏《まと》っている。

その圧倒的な存在感は、まさに怪物の名に相応しい。

あるいは〝神獣〟と呼んでも遜色ないだろう。

魔物と一緒にしては失礼だと、そう思わせる雰囲気が白狼《フェンリル》からは漂っている。

しかし、特記怪物三号とも呼ばれる白狼《フェンリル》は、なぜかアルスを見ていなかった。

「何を見てるんだ？」

不思議に思ったアルスは首を傾《かし》げて、白狼《フェンリル》の視線を追いかけた。

ユリアが戦っている。

圧倒的な速度で、己のギフトを駆使しながら、魔物を一瞬で殲滅《せんめつ》していく。

彼女が覚えている魔法の中に広範囲殲滅魔法などない。

少なくともアルスが知っている限りではなかったはずだ。

だから、彼女の周りに築かれた死体の山は、ただ圧倒的な速度で魔物を狩り続けて積み上げられたものなのだろう。

カレンたちと比べても魔物の討伐数は圧倒的な大差で突き放している。

まさに彼女に見えている世界は自分たちとは違う。

「ユリアはすごいだろ？　彼女の速度についていける奴《やつ》はいないだろうな。あの白銀の世界は彼女だけのものだ」

アルスは特に返事が欲しかったわけじゃない。

ユリアの強さを説明したかっただけのこと。

ただの独り言だったが、白狼《フェンリル》は興味深そうにアルスを見てきた。

「……小僧、貴様は何を求める？」

唐突な質問だったが、アルスに動揺はなかった。

そして、こういった時の答えは最初から、いつだって決まっている。

「オレの知らない魔法だ」

物心がついた頃から外の世界に憧れ、母を失ってからは魔法という存在に魅入られた。

魔導師を知り、頂点を調べて、神髄に辿り着いた。

不変の想《おも》い。

「この世界にある全ての魔法をオレは手に入れたい」

真っ直ぐに、純真の光を瞳に宿して、ただただ正直にアルスは打ち明ける。

傲慢にもとれる発言、ともすれば生意気だと罵られてもおかしくはない。

けれども、白狼《フェンリル》は笑うことなく、あるがままの気持ちを受け止めた。

「貪欲だな。ならば、我からも一つ魔法を伝授してやろう」

白狼《フェンリル》は楽しげに鼻筋に皺《しわ》を作って挑発的な笑みを浮かべた。

「ただし、条件をつけさせてもらう」

新たな魔法を知れるのなら、どんな条件でも受け入れる覚悟がある。

しかし、アルスは言葉を口にせず無言で先を促した。

「我から引き出してみよ。貴様が真に魔導師であるならば――我に魔法を使わせるほどの力を示すがいい」

白狼《フェンリル》から放たれる重圧が増していく。

平伏したくなるほどの強烈な威圧は、遠く離れた〝魔物行進《モンスターパレード》〟にも影響を与えていた。

あまりの恐怖に正気を失った魔物の群れが、拠点の壁に追突して自ら命を絶ち始めている。自傷が始まれば共食いに移行して、元より理性が希薄な魔物たちは自覚なき異常行動によって哀れな末路を迎えていた。

これが人間となると、どれほどの刺衝となるかは予測できない。

アルスは拠点を防衛する者たちを心配するも、すぐに頭の中から拭い去った。

自分の相手が白狼だと思い出したからだが、それ以上に余計な心配をするなと皆から叱責される自分自身が脳裏を過《よぎ》ったからだ。

「ああ、オマエの力を引き出してやるよ」

白狼《フェンリル》は最古の魔物とも呼ばれ、特記怪物にして六大怪物にも数えられる本物の強者だ。

相手に不足はない。むしろ、白狼《フェンリル》にとってアルスなど雑魚に等しい可能性もあった。

白狼《フェンリル》が本気で戦った姿をアルスは見ておらず、如何《いか》な実力なのかは未知数なのだ。

「小僧、いくぞ！」

開戦の合図は白狼《フェンリル》の咆吼《ほうこう》だった。

生み出された衝撃波によってアルスの身体は吹き飛ばされる。

だが、アルスにとって、その程度の攻撃は想定内で、地面を何度も転がりつつも体勢を整えると、すぐさま立ち上がった。

しかし、すぐ目の前に白狼《フェンリル》の姿があり、大きな口が出迎えてくれる。

「ちっ、速いな」

迫ってくる鋭い牙に向けてアルスは一閃《いっせん》する。

一瞬だけ火花が散って、あっさりと短剣は弾《はじ》き返された。

「頑丈な歯だな」

「そっちも丈夫な短剣を使っているな。我が牙に耐えるところを見るに白金か？」

「いや、青銅だよ」

「はっ？」

アルスの返答が意外だったのか白狼《フェンリル》は動きを止めてしまう。

なかなか滑稽な姿だ。

白狼《フェンリル》は表情が豊かだなと思いながらも、アルスは両手の短剣を同時に振るった。

白狼《フェンリル》に避《よ》けられてしまったが、毛が何本か風にのって飛んでいく。

「……青銅だと？　それで魔力で固めたことで鉄にまで匹敵するようになった我の毛まで切ったというのか？」

「自分の魔力を刃に纏わせているけどな。オレはこの青銅の短剣で何でも斬れるようになるつもりで練習中なんだ」

アルスは二振りの短剣をしっかり握り直してから構える。

「感謝するよ。あんたは頑丈みたいだからな。丁度良い実験台だ」

「くっくく、我の首を青銅で落とすようなことがあれば聖剣など存在意義を失ってしまうな。未来永劫《みらいえいごう》、貴様の名は語られるであろうよ」

巨木の如《ごと》く勢いよく迫る尻尾をアルスが躱《かわ》せば、叩《たた》きつけられた地面が衝撃に耐えられずに大きく陥没する。

「ほう、我の動きについてくるか――ならば、これはどうだ？」

不敵な笑いと共に、アルスの腹に鋭い爪が直撃した。

重力を無視したアルスは勢いよく真横に吹き飛ばされて、いくつもの木々をへし折りながら、黒衣を身に纏った身体は宙に投げ出され、最終的に地面へ追突する。

しかし、何事もなかったかのようにアルスは服についた埃《ほこり》を払いながら立ち上がった。

「……今の攻撃を、まともに当たって起き上がるか」

「別に難しいことじゃない。爪が当たる箇所に魔力を固めておいた。さすがに衝撃を殺すことはできなかったけどな」

「〝魔壁《アンムート》〟か……」

「知ってるのか？」

「知っているとも、先ほども言ったが、我は自分の毛に魔力を流して――〝魔壁〟で全身を保護している。なにより、我が三百年ほど前に、当時、迫害を受けていた獣族に伝授したからな」

何百年以上も下界に降りて来ることがなかったせいで、世俗に疎いと思っていたが〝魔壁〟は白狼《フェンリル》が広めていたようだ。

「ふむ、人間には扱いが難しいものなのだが……その裡《うち》に秘めたる絶大な魔力があれば造作もないことか」

「案外使える人間は多いけどな。それにしても、さすがに驚いたよ。さっきは、あんたの速度についていけなかった」

「簡単についてこられても困るがな。我はこれでも〝白〟の自負がある」

「さすがに悔しいからな。オレは魔法を使うことにするよ」

「なに？」

アルスが不敵な笑みを浮かべたことで、白狼《フェンリル》は警戒心を強めたのか四肢に力を込めた。

すると、その拍子に地面が陥没して砂埃《すなぼこり》が立ち上るも、すぐさま風に攫《さら》われていく。

消えゆく砂埃と共に、

「――〝音速《クラングファルベ》〟」

アルスもまた姿を消した。

「……まさか、消えた？　いや、これは——」

白狼《フェンリル》が目を見開くと同時、鋼の白毛に覆われた皮膚から血が噴き出した。

「なッ——!?」

白狼《フェンリル》は驚愕《きょうがく》する。その瞳は明らかな動揺を含み、巨体もまた影響を受けてよろめいた。

「その程度で驚かないでくれ。ただ浅く斬れただけじゃないか」

アルスは怪訝《けげん》そうな表情で白狼《フェンリル》を見ている。

口調も尊大ではなく、ただ純粋に白狼《フェンリル》が驚いている理由がわかっていないようだった。

「ありえん……本当に青銅で我の皮膚を斬ったのか……我の魔力を上回った……？」

身体に傷をつけられたことが信じられないのか、白狼《フェンリル》は思考の波に流されていた。

しかし、アルスが一歩前に踏み出せば、すぐさま反応を示した白狼《フェンリル》は頭を低くして、歯を剝《む》き出して威嚇をしてくる。

「調べればわかることだな」

自分の中で折り合いをつけたのか、白狼《フェンリル》は怒濤《どとう》の勢いで攻撃を繰り出してきた。

鋭い牙を煌《きら》めかせて、殺意に塗《まみ》れた爪を突き出し、更に鉄よりも硬い尾を振るう。

隙のない攻撃、けれども、〝音速《クラングファルベ》〟を使ったアルスに当たることはなかった。

「……〝光速《エクレール》〟とは似て非なる魔法か、よくぞ、見つけ出したものだ」

白狼《フェンリル》は称賛の言葉を贈ってくるが、アルスは肩を竦《すく》めて応えた。

「それでも〝光速《エクレール》〟を上回ることはできなかったけどな」

「十分だろう。それだけの速度があれば、ほとんどの者はついてこれまい」

と、白狼《フェンリル》は四肢に力を込めると土埃《つちぼこり》だけを残して消えた。

「小僧にとって、残念なことに、我はその少数派に属しているがな」

そう言って放ってきたのは薙《な》ぎ払い。アルスは二振りの短剣を交錯させて迎え撃つ。

激しい火花を散らして、アルスは押し負けると三歩ほど後退《あとずさ》る。

「なぜ、魔法を使わない？」

「〝音速《クラングファルベ》〟を使っただろ」

「一つだけだ。舐《な》めるなよ。それだけで我に勝てると思っているのか？」

「思ってないさ。ただ、オレはもっと強くならなければならないんだ」

「……？」

だからこそ、魔法を使って勝利を摑《つか》み、生き長らえるのが最善ではないのか。

そう言いたげに白狼《フェンリル》は懐疑的な表情でアルスを見やるも、彼は決意に満ちた表情で睨《にら》み返していた。

「守りたいものがある。だから、誰にも負けない強さを手に入れなければならないんだ」

アルスは自身の手元にある二本の短剣を見下ろす。

青銅の武器で戦うのも、強さを手に入れるために自分自身で選択した。決して巫山戯《ふざけ》ているわけでもなく、至って真剣で自分に足りない物を補おうとしているだけだ。

「だから、舐めてるわけじゃないんだ。オレが今どの位置にいるのか知りたかった」

「それで知ることはできたのか？」

「いや、世界は広いということだけ知ったよ。オレはまだまだ足りない」

「そうか、自覚がないのか……我からすれば貴様は既に完成されていると思うがな」

「それはない。きっと〝魔法の神髄《ミーミル》〟なら魔法も使わずにあんたを倒してたさ」

「ふむ……そんなに今の時代の人間は強くなっているのか……それに、その名は聞いたことがある。女王も探している男だ。それが、貴様の目標というわけか？」

「いや、通過点だ。遥《はる》かな高みに至るための踏み台さ」

アルスは天を仰ぐ。

深く、深く、深く、一つだけ息を吐き出す。

膨大で濃密な魔力が身体《からだ》から溢《あふ》れ始める。

それは白狼《フエンリル》が思わず後退るほどの魔力だ。

アルスの目が再び白狼《フエンリル》を捉えた時、そこにある眼光は何よりも輝いていた。

「いずれ奴《やつ》の知識は全て奪わせてもらう」

魔力が渦を描いて、唸《うな》りを上げると、アルスの身体に巻きついていく。

彼が一歩進むだけで、魔力の圧に耐えられずに草花は砕け散る。

空間が軋《きし》んで、空気が悲鳴をあげ始めるも、少年の歩みは止まらない。

「オレは立つ」

驚異的な脚力でアルスは地面を蹴り砕いた。

凄《すさ》まじい速度で発射する黒衣の弾丸は景色を置き去りにする。

「世界の頂点、人類の最高到達点」

白狼《フエンリル》の懐に潜り込めば、アルスは二振りの短剣を振り回す。

凄まじい切れ味を含んだ暴風が生み出されて、見る見る内に白狼《フエンリル》の身体を真っ赤に染め上げていく。

「──オレが魔帝になって、全ての魔法を手に入れる」

「ぐっ、小僧ッ！」

白狼《フエンリル》も負けじと反撃する。

勝利を摑むために、勝機を逃さないために、全力の斬撃が何度も相撃たれる。

数えるのが莫迦《ばか》らしくなるほど、何度も斬り合い、何度も殴り合い、何度も衝突した。

それでも決着はつかず、しかも、両者は怪我《けが》すら負わない。

なぜなら、両者ともに相手の攻撃を全て避けていたからだ。

「埒《らち》が明かないな」

速度は〝音速《クラングファルベ》〟のおかげで互角、力比べもまた若干の差でアルスの分が悪い。

いくつもの斬り傷を与えたが、致命傷に至ることはなく、白狼《フェンリル》は僅かな時間で自然治癒で出血まで止めてしまった。

このまま戦い続けても時間の無駄。拠点のためにも早く白狼《フェンリル》を倒す必要がある。

「本当に口惜しいが、使わせてもらうよ」

短剣を持つ両手をだらりと伸ばして、戦いの最中だと言うのにアルスは構えを解いた。

心火は吹き飛び、殺気は消えて、殺意もまた失した。

残されたのは泰然自若を体現した黒衣の少年だけ。

あまりにも自然体に、ただただ優しく言葉が紡がれた。

「Imperial demesne expansion──」

(天領《てんりょう》廓大《かくだい》──)

「──Awaken Woden──」

(──〝天主帝釈《オーディン》〟──)

世界が変わる。

アルスが望むがままに変貌していく、彼だけの新世界が構築されていった。

森の中だったというのに、白狼《フェンリル》の周りの景色は一瞬で様変わりする。

草原だ。七色の空を背景にした美しい地平線を描く草原が現れた。

「ほう……〝天領廓大〟か……ますます答えに近づいていくな」

虹の柱の中から現れた黒衣の少年を見た白狼《フェンリル》は目を細める。

絶大な魔力は肌を灼《や》くほど凄まじく、覇気は空気を震わせて、アルスの存在が鮮烈に世界に刻まれていた。

称賛するように白狼《フェンリル》は天に向かって咆吼《ほうこう》をあげる。

「小僧、見事だ。天領廓大に辿《たど》り着ける者は少ない。誇っていいぞ」

「オレが最強を示せた時に胸を張ることにするよ」

「それに、その仮面――ふっくくっくく、我は答えを得たぞッ！」

アルスの顔が左耳から左眼《め》にかけて半面に覆われていた。

漆黒の半面には美しい宝玉が七つあり、陽光を浴びることで日差しを反射している。

本来、眼が覗《のぞ》き見える深淵《しんえん》からは極彩色の虹彩《こうさい》が漏れ出ていた。

「小僧、本気でいくぞ！　魅せてみよ、貴様の実力を！」

「そのつもりだ。全力でこい」

両者が同時に駆け出した。

高速移動、すれ違う寸前、両者ともに急激に立ち止まる。

「──〝衝撃《ウエグブラセン》〟」

最初に魔法を繰り出したのはアルスだ。

美しい緑の幾何学模様が消えた時に魔法は発動する。

しかし、白狼《フエンリル》によって踏み潰されて効果を目にすることはできなかった。

「〝東衝撃西《エアシユタオネ》〟」

続いて放たれたのは多重魔法──〝衝撃《ウエグブラセン》〟と〝声束撃西《ブレリユード》〟を組み合わせた音波魔法。

生きとし生けるもの全てを内部から破壊する恐ろしい魔法なのだが、白狼《フエンリル》はただ咆吼を
あげるだけで圧殺してしまう。

「〝竜咆《フアーヴニル》〟」

緑の線が縦横無尽に宙を駆け、見事な円を描いて美しい紋様となった。

魔法陣から出現したのは、風で構築された巨大な竜の首。

竜の顎門《あぎと》と狼《おおかみ》の顎門が、互いを噛《か》み砕かんばかりに交錯する。

次いで衝突、凄まじい衝撃波が生み出されて、天空が真っ二つに割れている中、根元か
ら折れた鋭い牙が宙を飛んでいた。

「ぐっ……がぁッ！」

白狼《フエンリル》は大量の血を吐き出した。

牙が折れたにしては考えられない出血量だったが、これまでアルスが放った魔法が効いていなかったわけじゃなかったのだろう。それらは蓄積されていたようで、今になって表にでてきたようだ。

「小僧、まだ終わらんぞ！」

叫ぶ白狼《フェンリル》に応えるように、アルスもまた攻撃の手を緩めることはなかった。

あらゆる魔法で、あらゆる知恵を振り絞り、アルスは白狼《フェンリル》と戦い続ける。

いくつかの魔法が直撃しても白狼《フェンリル》は倒れず、大量の血を流しながらアルスの攻撃に耐え続けた。そんな白狼《フェンリル》の姿にアルスは衝撃を受けていた。

「……初めてだな。この世界で、あんた以上に抵抗した者はいない」

「それは光栄なことだ。だが、我よりも強い奴はまだまだいるぞ。貴様の言う〝魔法の神髄《ミーミル》〟とやらもその一人だろうな」

「ああ、そうだろうな。本当に世界が広くて楽しみが尽きないよ」

アルスは短剣を振るい、どんどん白狼《フェンリル》を傷つけていく。

血の粒が散って、紅《あか》く染まった毛は肉の欠片《かけら》と共に飛んでいった。

「まったく……それで青銅か、聖剣や魔剣が泣くな」

呆《あき》れたように呟《つぶや》きながら、白狼《フェンリル》も負けじと鋭い爪で反撃する。

ようやく、その攻撃は届いた——そう、アルスの頬を切り裂くことに成功したのだ。

けれども、白狼《フェンリル》の表情は芳しくない。

それはそうだろう、先ほどの攻撃は凄まじいの一言に尽きる一撃だった。

頭部を粉砕するほどの威力、常人であれば跡形も残らないだろう。

それが、人間であれば、魔王であっても、間違いなく即死していたはずだ。

なのに、アルスは平然と立っていた。

白狼《フェンリル》の全力、全ての生物が死に絶える絶大な爪撃《そうげき》を受けて。

その結果は――ただのかすり傷。

「……血か」

アルスは貴重な体験をして、少しばかり喜びを滲《にじ》ませた。

初めてだったからだ。かすり傷とはいえ、血を流したのは初めての経験だった。

「……血を流すなんてな。天領廓大を使って慢心していたのかもしれない」

反省の言葉を口にするアルスに、白狼《フェンリル》は怪訝《けげん》そうに目を細める。

「かすり傷程度でそこまで深刻になることか？」

自身の全力がただのかすり傷だったせいか、白狼《フェンリル》は少しばかり不機嫌そうだ。

「当たり所が悪ければ首が切れていたかもしれない。それにさ、汚れたり傷つくとユリアが心配するんだ」

まるで無傷で勝とうとしていたと言わんばかりの口調だ。

自身の強さに無自覚なくせして、恐ろしいまでの自信家である。

それは無根拠から来ているのか、それとも全ては演技なのか、奇妙な存在を前にした白狼《フェンリル》は全身の毛を逆立たせていた。

「はっ、我が怪物なら……貴様は一体なんなんだろうな？」

「〝耳が良いだけ〟の魔導師だよ」

アルスは白狼《フェンリル》に答えながらも、その視線は遠くに向けられていた。

「そろそろ終わりにするとしよう」

ゆっくりと言葉を紡いだアルスの視線が白狼《フェンリル》に戻ってくる。

「斯《か》くして心臓は握り潰された　繰り返す輪廻《りんね》の棘《いばら》　溶け出す烈風の王権」

アルスは詠唱を開始する。

全身から放たれる膨大な魔力が天に昇っていく。

その先はアルスが目を向けていた場所――極彩色を放つ幾何学模様だ。

「呵々《かか》なる狂暴の王　武勇を競い　泣き叫び　許し乞い　目覚め待つ蒼穹《そうきゅう》の神」

全ては夢幻を摑《つか》むために、心の赴くまま、感情に従うまま。

「天上天下を燃やせ――」

――〝天帝《インドラ》〟

天が鳴いている。

空は赤く染まり、太陽が堕《お》ちてきた。

星は揺らぎ、大地は割れて、熱波が四方八方から吹雪《ふぶ》いている。

世界を滅ぼすほどの炎熱——その全てが白狼《フェンリル》に向けられていた。

一切合切薙《な》ぎ払われていき、大地は砕かれて草木一本残らず世界を壊していった。

白き狼は最後だとばかりに絶叫に近い咆吼をあげる。

太陽と白狼《フェンリル》が衝突した。

一際大きな爆発音が轟《とどろ》き、地上は勢いよく捲《めく》られて土砂の雨が飛礫《つぶて》となって降り注ぐ。

激しい砂煙に包まれて、しばらくの間は赤銅色が世界を埋め尽くす。

やがて、地盤を貫かれた地面が姿を現して、その中央には白狼《フェンリル》が堂々と立っていた。

裂けたような大きな口から大量の血を垂らしながらも、白狼《フェンリル》は満足そうに喉を鳴らしている。

「我の負けだな」

「やっぱり……生きていたのか」

確かに圧殺するつもりで放った魔法だったが、アルスは白狼《フェンリル》を仕留められるとは思わなかった。なぜなら白狼《フェンリル》は終始、余裕を崩さなかったことから何か別の狙いがあると思っていたからだ。

そして、白毛を真っ赤に染めた白狼《フェンリル》は、一目で大怪我《おおけが》だとわかるのに軽快な動きでアルスから距離をとった。

アルスの天領廓大が創りだした世界は、〝天帝《インドラ》〟を行使したことで既に崩壊していた。

だからこそ、解放された白狼《フェンリル》は瞬時にアルスから距離をとったのだろう。

「素晴らしい戦いだった。久しぶりに楽しめた」

白狼《フェンリル》は満足げに一度言葉を切ったが、すぐに続けて言葉を放った。

「再戦を楽しみにしていよう。次は我の魔法も魅せたいところだからな」

「……そういえば、約束が違うな。魔法を見せてくれるんじゃなかったのか？」

やはり本気で戦ってなかったのだろう。六大怪物と言われるだけあって演技力も相当あるようだ。だから、がっかりした様子を隠すこともなくアルスが訴えれば、

「許せ、謝罪の代わりと言ってはなんだが、一つだけ助言をしておこう」

「なんだ？」

「ギルドを設立しろ。その先に貴様が望んで止《や》まない魔法の知識が溢《あふ》れている」

「……どういうことだ？」

「〝失われた大地〟は広い。様々な条件下で生き抜かなければならない。その一つに仲間が必要になる場合もある。低域は単独の魔物が多い傾向にあるが、高域では魔物が群れる

ように――全てに意味があるのだ。その裏には魔法という未知なる知識もまた存在する」

「それがこの先にあるということか？」

「ああ、知りたければ探すといい。第一期バベルの塔、唯一無二の男が造った偉大なる塔だ。見つけるためにはギルドも必要になってくる。努々《ゆめゆめ》忘れるな」

好き放題言ってから白狼《フェンリル》の姿が消える。文字通り目の前から一瞬で消え去った。

だからアルスも興味をなくして、白狼《フェンリル》が残した言葉の意味を考える。

「バベルの塔……全ての魔法が存在する、か」

アルスが呟けば背後では〝魔物行進《モンスターパレード》〟を駆逐した仲間たちが駆け寄ってきていた。

そして、白狼《フェンリル》を退けたアルスの無事を確認して歓声をあげるのだった。

大歓声が巻き起こっていた。

その中心にいるのは黒衣を着た少年である。

周囲の魔導師たちが諸手《もろて》をあげて祝福の言葉を投げるも、昂《たか》ぶる感情によって制御ができなくなった言葉の津波は様々な音と重なり合って聞き取れなかった。

「よぉ、アルス、白狼《フェンリル》を退けたってのに浮かない顔をしてんじゃねェか」

魔王グリムが人波を掻《か》きわけ――否、勝手に真ん中が割れて出来た道を通ってきた。

「いや、文句なんてないさ。新たな魔法を知ることはできなかったけど……ただ白狼《フェンリル》が本気で戦ってくれなかったのだけは心残りだけどな」

素直に今の気持ちを吐露すれば、グリムは苦虫を噛み潰したかのような表情をした。

「いや、あれは白狼《フェンリル》も本気だったろ。正直、遠目から見ても何をしてるのかわからなかったぞ。そもそも、なんで、てめェは戦った相手をいちいち上位に置きたがるんだよ」

別に上位に置いているつもりはない。自己申告だが本人たちがそう言っていたのもあるし、アルスも同じ感覚だったので、そう評価しているだけなのだ。

「さっきから黙って聞いてたら、うっさいわね！　アルスをあんたと一緒にするんじゃないわよ。アルスは謙虚なの、あんたと違ってね！」

　会話に割り込んできたカレンは、グリムを突き飛ばすと歯を剝《む》き出して威嚇する。

「あァ？　このクソアマが、調子にのってんじゃねェぞ！」

「上等じゃない！　レギ、シギ！　やるわよ！」

「えぇ……魔王相手に無理、無理、一人でやんなさい。お姉ちゃんなんか言いなさいよ」

「うぇ、さっき転んで土食べちゃったから無理だよぉ」

　カレンとグリムの争いにレギとシギも強制参加させられたようだ。

「はーい、何で勝負する？　キリシャが審判してあげるよ〜！」

　そこへキリシャが突撃して更に騒がしくなっていく。

　そんな五人をアルスが放置していると、青髪の美女エルザがやってきた。

「アルスさんご無事でなによりです。怪我はありませんか？」

「かすり傷程度だな。エルザたちのほうは？」

「問題ありません。シオンさんも、ほら、ああして元気です」

　エルザが指した先にはシオンが串焼きを手に喜んでいる姿があった。

〝魔物行進《モンスターパレード》〟の影響もあって魔物の肉は腐るほど獲《と》れるので串焼きにしたようだ。

「そういえば……ギルドを創設する気になられたんですね」

「なんで、わかったんだ？」

確かに決意は固まっていたが、さっき決めたばかりなのもあってアルスは困惑する。

「アルスさんのことはずっと見ていますから、顔を見ればすぐに何を考えているのかわかります」

「それは……今後は気をつけないといけないな」

アルスが自身の頬を撫《な》でながら苦笑すれば、エルザは微笑を浮かべた。

「それで、ギルドを創る決め手はなんだったんですか？」

「最初から創る気でいたんだよ。ただ、ギルドを創るのはいつでもいい。そんな気分だったんだけどな。色々と話を聞いてきた中で、白狼《フェンリル》の言葉が最後の一押しだった」

白狼《フェンリル》が残した言葉の意味、それを考えた時にアルスは決断した。

「ギルドを創ったら、全ての魔王をねじ伏せて、第一期バベルの塔を目指す」

「出来ることがあれば協力させていただきます」

「ああ、その時は頼むよ」

魔帝として、全ての叡智《えいち》を手に入れるために、すべきことはすることに決めた。

エルザに説明したことで、更に気が引き締まったアルスは拳を握り締める。

そんな覚悟を決めたアルスをユリアはジッと見つめていた。

「アルス……あなたの道は定まりましたか……」

＊

とある森の奥深くで傷だらけの白狼《フェンリル》は伏せていた。

そんな白狼《フェンリル》の前に現れたのは、

「あら、珍しい。ボロボロですわね」

「女王ヘルか――いや、その格好で来たということは……」

白狼《フェンリル》の前には派手なドレスを着た金髪で緩いカールを巻いた女性が立っていた。

街を歩けば誰もが振り返る美少女だが、その容姿は美しさというよりも、魔王としてのほうが有名だろう。

「魔王リリス……第二冠と呼んだほうがいいか？」

「ふふっ、どちらでも構いませんわ。それよりも手当は必要ありませんの？」

微笑《ほほえ》んだリリスだったが若干心配そうな声音で白狼《フェンリル》に近づいた。

「問題ない。それより貴様の言う通りギルドを設立するように誘導しておいたぞ」

「望み通りになりそうですの？」

「確実にな。あれは魔法に目がないようだ。ならば、こちらから誘導せずとも、遅かれ早かれギルドは創っていただろう」

「なら、問題ありませんわ。今後は魔王として手を差し伸べてあげましょう」

「その口振りだと貴様のお眼鏡にかなったようだな」

「ええ、彼は間違いなく、例の――」

一度言葉を切ったリリスは、勿体《もったい》ぶりながら艶やかな唇を開いた。

「――原初のギフトの持ち主で間違いありません。あなたも今回戦ってみて確信できたのではなくて？」

「確かに確定だろう。だが、我の目的の人物も見つけた」

「例の人ですか、引きこもりのあなたが他人にそこまで固執するのも珍しいですわね」

「貴様にも協力してもらうぞ？」

「あら、見返りはなんですの」

「手伝っただろうが……そのせいで重症だ」

「その程度なら二、三日もあれば治るでしょうに。それで、何を手伝えばよろしいの？」

「調べてほしい者が一人いる。〝ユリア〟と呼ばれていた銀髪の少女だ。〝ヴィルートギルド〟に所属している。戦闘中に聞き取れたのはそれぐらいだな」

「それだけあれば十分ですの。わかりましたわ。魔法都市にいるなら簡単に調べられるでしょう」

「頼んだぞ」

「ええ、お任せくださいまし」

「では、我はしばらく休む。何かわかったら、いつもの場所に来い」

「はいはい。わかりましたの」

リリスが適当に返事をすれば、荒々しい鼻息を吐き出しながら白狼《フェンリル》は姿を消した。

誰もいなくなった空間で、リリスは愉快だと言わんばかりに唇を歪《ゆが》める。

「さあ、ようやく見つけましたの。〝魔法の神髄《ミーミル》〟……わたくしと遊びましょう」

楽しげに、踊るように、地面を蹴りながらリリスは笑う。

「――あなたは、わたくしが必ず手に入れますわ」

＊

〝大森林〟――白系統のギフトを持つ者だけが居住することを許された場所。

巨大な木々が生い茂ることで、植物と小動物の楽園となり、太陽光が緑の葉を透き通って大地の草花に栄養を行き渡らせていた。

密林の奥深くにありながら、自然の神秘によって美しい共鳴を奏で、見事な生態系を維持している。

更に幾重にも広がる緑の天井の下を歩いていけば、高く聳《そび》える古代の木々に出迎えられて、木造の住宅が建ち並ぶ街が広がっていた。

聖法教会の本拠地〝大森林〟に築かれた聖法都市。

聖法都市は魔法都市と長年敵対関係にあるため、よく比較対象にされている。

しかし、残念ながら聖法都市は規模や人口は魔法都市に一歩及ばない。

けれども、それが不利になるかと言われればそうでもなかった。

魔法都市が近代的な成長を遂げているのに対して、聖法都市は古典的な神話を大事にして発展してきた。そのため聖法都市には神々の銅像が多く建てられており、神殿の数も世界で最も多い。そんな聖法都市の中央には古代から受け継がれてきたリヴァディス寺院が建っている。

敷地は広く、修行をするための滝や、過去の偉人たちに祈りを捧《ささ》げる巨大石碑が設置されており、他にも騎士の本部が置かれているため、リヴァディス寺院に入るには許可をとる必要があった。

そんなリヴァディス寺院に、聖騎士と呼ばれる使徒――聖法十大天が集結していた。

会議が行われるのは円卓の間と呼ばれる部屋だ。

円形の机と、丸みを帯びた椅子だけしか存在しない殺風景な部屋である。

しかし、出席率は悪くない。十の席の内、八が埋まっていた。

「申し訳ありません。少々遅れました」

謝罪と共に部屋に入ってきたのは九人目となるヴェルグだ。

いつものように軽薄な笑みを貼り付けたまま、彼は小脇に抱えた箱を机に置いて座る。

「少々どころではないわ。〝第九使徒《テイサ》〟、貴様、〝転移〟の魔石を使えば一瞬で来られるというのに一体なにをしていた？」

「〝第三使徒《サラサ》〟落ち着いてください。まだ〝第一使徒《ワヘド》〟も来ていないじゃないですか。そもそも、そんなにお怒りになるほど、本日の議題は重要でしたっけ？」

ヴェルグは笑顔のまま宥《なだ》めるも、どう考えても挑発してるようにしか見えない。

だから、〝第三使徒〟はこめかみに青筋を浮かべて立ち上がろうとした。

けれども、一人の女性がこの場に現れたことで空気が一気に変わる。

静寂が支配する円卓の間の中で、入口から堂々と歩いてきた少女。

彼女の名はユリアだ。

ユリアは艶然と微笑みながら〝第一使徒《ワヘド》〟の椅子の前に立つ。

「皆様ごきげんよう。聖法教会所属〝聖女〟ユリア・フォン・ヴィルートです」

ユリアが名乗れば、知り合いの〝第九使徒《テイサ》〟ヴェルグ、〝第十使徒《アシヨラ》〟シェルフ以外の聖法十大天たちは驚愕《きようがく》から言葉を継げないようだった。

「早速ですがお話をさせていただきますね」

相手の思考が停止している間に次の一手を放つ。冷静になる時間を与えてはならない。

ユリアがヴェルグに視線を送れば、彼は先ほど机に置いた箱を倒した。

箱から中身が零《こぼ》れる。丸い物体が円形の机を転がっていき中央で止まった。

「もう止められません」

少年が歩み出した。

己の意志で、誰にも指図されることなく。

少年は魔帝を確実に目指し始めた。

ならば置いていかれるわけにはいかない。

常に一歩先を行くことを意識して、ユリアは最善の一手を放たなければならない。

「あっ？　あぁぁアァァ！　〝第一使徒《ワヘド》〟！　なぜ、なぜ、このようなお姿に!?」

〝第三使徒〟が円形の机にある首を見て叫んでいる。

そのせいで思考の海から引き上げられてしまった。

「黙りなさい」

「ひっ!?」

ユリアが不機嫌を隠そうともせず、殺気を飛ばせば〝第三使徒〟は黙り込んだ。

「私が〝第一使徒《ワヘド》〟を殺害しました。それも全ては聖法教会のためです」

ユリアは円形の机に乗っている首を指しながら淡々と告げる。

「今日より聖法十大天は私に従ってもらいます」

魔法協会に匹敵するぐらいの力、〝魔都〟を敵にしても負けない力が必要だ。

〝聖帝《ゼウス》〟という偉大なる地位を彼に渡すために。

「まずは〝長老会〟と〝女教皇派〟の掌握を手伝ってもらいましょうか」

ユリアは自身の立場を盤石なものにするために動き始める。

どこまでも深い笑みを添えて。

「全ては我らが愛《いと》しい〝黒き星《フラウン・アース》〟のために」

あとがき

3巻までが【魔法都市編】だとすれば、今巻から【女王編】の開始となります。

あとがきから読む方もいらっしゃるので、ネタバレは避けますが、例の御方《おかた》は如何《いかが》でしたか？　きっとイラストを見た大半の読者様は、心臓を打ち抜かれた気分を味わったことだと思います。そんな彼女の魅力を熱く語りたいところではありますが、残り行数も僅かとなりましたので、謝辞を述べさせて頂きます。

mmu様、美麗で魅力的なイラストの数々は、執筆する上での原動力の一つであり、厨《ちゅう》二《に》心が大いに刺激され非常に助かりました。本当にありがとうございます。

新担当となった編集S様、最初から全力でご迷惑をおかけしましたが、どうか見捨てずに末永くよろしくお願い致します。そして、編集部の皆様、校正の方、デザイナーの方、本作品に関わった関係者の皆様、今後ともよろしくお願い致します。

読者の皆様、今作をお手に取り、読んで頂けたこと心より感謝とお礼を申し上げます。

今後も熱く滾《たぎ》るような物語を発信していきますので、応援よろしくお願い致します。

それでは、またお会いできる日を心待ちにしております。

奉

OVERLAP

無能と言われ続けた魔導師、実は世界最強なのに幽閉されていたので自覚なし 4

発　　行　2023年12月25日　初版第一刷発行

著　　者　奉
発 行 者　永田勝治
発 行 所　株式会社オーバーラップ
〒141-0031　東京都品川区西五反田 8-1-5
校正・DTP　株式会社鷗来堂
印刷・製本　大日本印刷株式会社

Printed in Japan　ISBN 978-4-8240-0679-0 C0193